EL ZODIACO: EL DESTINO

R.C. LUNA

EL ZODIACO: EL DESTINO

Saga Warrior Shifter – Libro Uno

el destino siempre encuentra su camino

Otros libros de R.C. Luna

Bienvenida al Libro Uno de la Serie *Warrior Shifter*. Estás a punto de entrar a un mundo de shifters, sombras y un destino escrito en las estrellas.

Escanea el código QR aquí abajo para suscribirte y recibir contenido exclusivo: adelantos, secretos detrás de la historia y noticias sobre los próximos lanzamientos que dan forma a este mundo mágico. Si disfrutas el viaje, te agradecería un montón que dejaras una reseña. Es de las maneras más poderosas de ayudar a que otras lectoras y lectores encuentren su camino hacia las estrellas.

La Saga Warrior Shifter
El Zodiaco: Las Sombras
El Zodiaco: El Destino
El Zodiaco: El Caos
El Zodiaco: La Cárcel
El Zodiaco: Trono

Dedico esto a todos los pedazos rotos de mi corazón,
los que he tenido que pegar, una y otra vez,
solo para verlos romperse una vez más.
A las partes de mí que no ven la maldad en los demás,
hasta que me queman con sus llamas.
A la parte de mí que luchó contra todo y nunca se rindió,
sin importar el dolor.
Eres mi verdadera heroína.
Y te prometo que nunca serás domada.

Carta de la Autora

En este libro conocerás a Sasha en el momento en que se encuentra destrozada. Aún no ha aprendido a enfrentarse a la ineludible oscuridad que se cierne sobre ella. Está confundida y muy sola. Su viaje no es fácil. Se enfrentará a monstruos profundamente perturbadores que plantean preguntas y suscitan controversia. Son temas complejos, para un público maduro, y pueden ser detonantes para muchos. Antes de que te preguntes si todo esto es posible en el mundo real, recuerda que se trata de una obra de pura ficción en una realidad alternativa que no es la nuestra.

A pesar de las similitudes o comparaciones que pueda querer hacer, ninguna de las instituciones mencionadas u organizaciones a las que se hace referencia en estos libros existe en nuestro mundo.

Sin embargo, hay detonantes muy reales en toda esta serie. Hay múltiples representaciones de abuso y violencia física, sexual y psicológica.

Hay angustia y lucha. Pero si decides acompañar a Sasha en este viaje a lo largo de toda la serie, verás cómo, a pesar de su turbulento pasado, sus errores y todos sus miedos, experimentará un crecimiento extremo, el dominio de sus emociones, el control de su oscuridad interior y un amor eterno.

Por favor, procede con cautela y consciente de lo que podría ser detonante para ti. Entra en la serie solo tras haberte preparado para este nuevo mundo en expansión.

Con todo mi amor,
R.C. Luna

PRÓLOGO

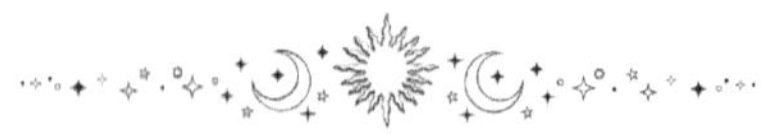

Dentro de tres años - Sala del Trono de Escorpio, Xibalba

Los dioses gemelos de la muerte observan cada uno de mis movimientos. Impasibles. Fríos. Han visto reinas emerger anteriormente. Las han visto caer. Pero ninguna como yo. Impotentes para controlarme. Incapaces de mantenerme encerrada en sus cadenas invisibles de servidumbre. De tortura.

Subo lentamente los escalones que conducen al trono de fuego, el calor de las llamas cosquillea suavemente mis brazos. Mis manos están empapadas de sangre, pero no es mi sangre. Es la sangre de los gobernantes muertos de las doce Casas del Zodiaco. Se negaron a inclinarse. Me llamaron indigna. Dijeron que era una reina impostora, una perra sata nacida de las sombras y el fuego.

Una risita baja sale de mi garganta porque se creían inmortales. Intocables. Pero en lugar de eso, sus historias serán olvidadas, y sus almas se pudrirán en el Inframundo de Xibalba por toda la eternidad.

Mi destino estaba escrito en las estrellas, hace siglos.

Pero las estrellas nunca dijeron lo bien que me sentiría al desatar mi furia sobre doce reinos.

Mi pasado mafioso quedó atrás. También los días en que temía a la oscuridad que me rodeaba. Ahora me alimento de ella.

He visto demasiadas batallas. He sangrado por demasiados monstruos. Por demasiadas criaturas mucho peores de lo que podría haber imaginado que existían en aquel entonces.

Él también está aquí, el Rey Oscuro. Observando. Silencioso. Sin intervenir.

Podría haber acabado con mi ira con una palabra. Pero no lo hace. Porque no quiere detenerme.

Quiere reclamarme.

Cuando cayó la última Casa, no me inmuté el momento en que la cabeza golpeó el suelo.

Quémalo todo.

Por los que amé.

Por los que perdí.

Y por el imperio que he tomado, un paso empapado de sangre a la vez.

Capítulo 1

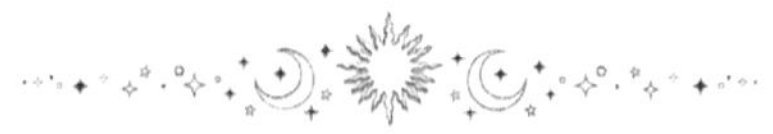

Antes de mi cumpleaños número veinte, ya veía y escuchaba cosas muy extrañas, como una oscuridad perversa, ahora familiar, que se movía y se deslizaba por los rincones, sin forma ni límites. Avanzaba con audacia, más espesa y oscura que nunca.

En esos años solemnes previos a mi transformación recordé vagamente una conversación con mi tía, cuando me explicó que conocería a alguien que me ayudaría con todo esto. Pero murió antes de poder advertirme que las sombras cubrirían las paredes mientras se arrastraban hacia mí, acompañadas de una niebla oscura que albergaba criaturas del inframundo. ¡Tenían manos con garras que me alcanzaban!

Los veía: demonios en un rincón, con ojos febriles que me taladraban en la noche. Siempre los sentía allí, ocultos entre las sombras. Uno tenía una larga cola de reptil que repiqueteaba como un cascabel sobre el cuerpo de un enorme caimán con cabeza de serpiente.

Pero había más. Cuerpos en descomposición con carne negra y podrida, dientes grises, largos y afilados, cabezas calvas y huesos salientes. Algunos sin ojos. Otros sin boca. Otros sin orejas.

Las bestias de las sombras me llamaban día y noche. En mis pesadillas aparecía una puerta con un signo del zodíaco, pero siempre tenía que abrirme paso a través de las sombras para llegar a ella. Por eso llamé a esta pesadilla viviente las Sombras del Zodíaco.

Pasaban los meses y la pesada oscuridad se hacía cada vez más fuerte, sin dar señales de alivio. Poco a poco, sin darme cuenta, mi mente empezó a escapárseme de las manos.

Todo empeoró después de dejar a mi ex, el futuro rey de la mafia. Me había casado con él solo para huir de la casa de mis padres, ya medio enloquecida por las sombras.

Y como era de esperar, tampoco funcionó. Mi lamentable vida regresó al punto de partida: mi vieja habitación en casa de mis padres, mirando el mismo techo de gotelé del que había intentado escapar.

Iba arrastrando los pies de la cocina a la habitación únicamente cuando era necesario, con el pelo grasiento y sin lavar y la ropa manchada. Parecía que nada estaba nunca en su sitio.

Un día cometí el error de abrir la puerta mientras mi padre pasaba por el pasillo. Lo habría evitado, pero no lo escuché afuera. Los sonidos de este mundo estaban amortiguados por los chillidos de otro lugar, de otro tiempo. Me agarró del pelo, me puso un balde y un trapeador en las manos y me empujó contra la pared. Mis piernas y mi cuerpo se doblaron, tan débiles como una flor marchita.

—Llevo rato tocando tu puerta —dijo—. ¿No escuchas? Limpia este lugar si quieres vivir aquí.

Agarré el trapeador con lentitud, asintiendo sin mirarle a los ojos.

Las desesperadas Sombras del Zodíaco se arremolinaban por todas partes. Los demonios eran mi compañía. Con la cabeza en ese estado, era difícil recordar cosas. ¿Qué solía decir mi tía? Ah, sí. Las estrellas escriben el camino.

Como cada noche, la Sombra se arremolinaba a mi alrededor, susurrándome los pensamientos que no me atrevía a pensar, llenándome con el poder de su furia. Un poder que me estaba destrozando. Dormir solo lo empeoraba. Mis pesadillas eran tan reales, tan perturbadoras, que dormía lo menos posible.

Hasta que no pude resistir más. Con los párpados pesados y el cuerpo rendido por el cansancio del día, me quedé dormida.

Volví a soñar. Estaba en una concurrida zona comercial del centro de Miami. Allí era donde a Nikki y a mí nos encantaba comprar tenis nuevas. Busqué a la que había sido mi mejor amiga desde los seis años. La extrañaba desde que se había mudado a Nueva York. La extrañaba tanto que no la llamaba porque me había dejado sola, y no soportaba escuchar lo feliz que era en su nueva vida.

Estaba perdida sin ella.

Una agonía familiar me invadía cada vez que pensaba en ella. Pero cuando me asomé a nuestra tienda favorita, allí estaba, mirando un par de tenis nuevos.

Me acerqué a ella, como hacía siempre, y le dije: Hola, qué tenis más chulos.

Se volvió hacia mí y abrió su gran sonrisa. Era ella, con todo y su piercing en la nariz.

—Vamos a comer algo, Nikki —le dije—. Tengo hambre.

Al instante, estábamos sentadas una frente a la otra en mi bodega favorita, donde servían las mejores arepas y café colombiano. Miré abajo y la comida ya estaba en mi plato.

Fui a darle un mordisco a la arepa, pero me detuve antes de que llegara a mi boca. Se me helaron los huesos cuando vi que la Sombra se colaba por las ventanas y la puerta, su humo rodando suavemente con la niebla y los susurros que acompañaban a la oscuridad que se arremolinaba en su espantoso abismo.

—¡Nikki, Nikki! Tenemos que irnos —grité, pero Nikki siguió contándome una historia que ya ni podía escuchar; todo lo que oía eran los susurros agudos.

La Sombra estaba a centímetros de ella, así que me levanté, la tomé de la mano y tiré de ella para correr. Pero estaba bloqueada. Congelada. Me agarró del brazo y la miré a los ojos. De repente se volvieron rojos, con un anillo violeta brillante alrededor de las pupilas. Intenté deshacerme de la niebla, pero fue inútil.

Las Sombras del Zodíaco ya me habían atrapado.

—Siéntate —me gruñó la forma que no era Nikki.

Un profundo conocimiento se agitó en mi interior y, por mandato, me senté. No podía hacer otra cosa.

La forma dejó de controlar mi mente y habló con la voz más pretenciosa que jamás había oído. Escucha, porque no tenemos mucho tiempo.

Asentí y escuché, mientras el café a nuestro alrededor se desmoronaba y reconstruía en un patio junto a un recodo del río, con su agua negra y turbia. Miré hacia las olas agitadas y desbordantes.

Grandes formas oscuras, del tamaño de humanos, nadaban justo bajo la superficie.

—En primer lugar, esta sombra que ves a tu alrededor es una infección de tu mente —dijo la no-Nikki—. No puedo explicarlo ahora, es demasiado complicado para el estado de sueño. Pero estoy aquí para decirte que tienes que cruzar la Puerta, y pronto. Por desgracia para ti, tu chamán lleva demasiado tiempo desaparecido, y es el único que puede ayudarte con tu inducción. En pocas palabras, tienes que encontrar a tu chamán y cruzar la Puerta, o perderás la cabeza.

—Hizo una pausa para evaluarme. Fruncí el ceño, totalmente confundida.

—Básicamente, ponte las pilas y busca una forma de controlar tu mente hasta que encuentres al chamán perdido y podamos meterte en la Academia Aries. ¿Entendido?

La miré con los ojos muy abiertos y asentí como un robot, aunque no entendía nada. ¿Esta criatura, o niebla, o fuerza de la naturaleza, lo que fuera, me estaba dando consejos? ¿Ahora? ¿Después de volverme loca durante meses?

Su voz sonaba centenaria, sus hombros relajados y su porte elegante y seguro, a diferencia de la Nikki alborotadora que siempre había conocido.

—Vas retrasada en tu educación, Nagual. Ya deberías haberte presentado formalmente ante las doce casas del zodíaco.

La forma apartó la mirada como si una voz lejana la llamara. Se volvió hacia mí y dijo: Recuerda, controla tu mente.

En ese momento, me invadió el olor a tocineta y huevos, y escuché que me llamaban por mi nombre desde algún lugar lejano...

Capítulo 2

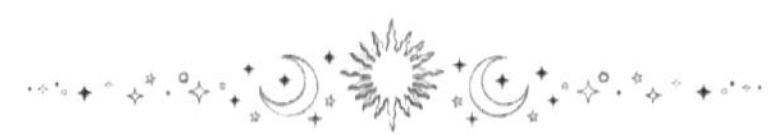

La voz de la sombra se desvaneció, y otra tomó su lugar, pronunciando mi nombre como si quisiera traerme de regreso.

—Sasha, ven a desayunar —escuché de nuevo, ahora más claramente.

Abrí los ojos y miré a mi alrededor. Estaba en la cama de mi antigua habitación en la casa de mis padres. Mis pósteres y mis dibujos habían sido retirados de las paredes, pero los muebles seguían allí. Estaba cubierta de sudor, como solía estar después de los sueños del Zodíaco.

Pero este sueño había sido diferente; la Sombra me había hablado a través de Nikki. Y parecía que estaba tratando de ayudarme con algún consejo o algo así. Tenía la cabeza confusa. ¿Qué era eso de estar atrasada en el entrenamiento? ¿Y las doce casas del zodíaco? Y la Sombra que poseía a Nikki me había llamado "nagual". ¿Qué era un nagual?

La Sombra seguía presionándome, tratando de nublar mis pensamientos, pero yo sabía que esto era importante. Tenía que darles sentido a las palabras pronunciadas en el sueño con Nikki. Cogí mi teléfono y busqué "nagual" en Internet.

Wikifacts decía que el nagual formaba parte de la mitología mesoamericana, una especie de chamán, brujo o mago con el poder de transformarse en jaguar. Podía viajar entre el mundo espiritual y el mundo físico, y los rasgos de un nagual estaban determinados por su fecha y hora de nacimiento.

Recuerdos vagos de conversaciones que había escuchado entre mi madre y mi titi Lily resonaban en mi mente. Pero esos recuerdos eran confusos, grises y borrosos. No podía recordar nada con claridad.

Entonces, ¿el sueño decía que yo era un jaguar que podía cambiar de forma? No un lobo, ni un dragón, ni un fénix. ¿Sino un jaguar? De todos los animales que las estrellas podrían haber elegido para mí, yo era una gran felina. Bueno, eso era bastante cool. Si era verdad.

O sea, la titi Lily me contaba cosas muy extrañas cuando era más joven, y mi madre siempre discutía con ella por alimentar mi imaginación. Luego estaban los sueños con jaguares, en los que soñaba que corría por la selva con grandes garras negras. Quizás seguía aferrándome a algunas de los extraños cuentos de Lily, incluso después de todo este tiempo.

Fui a la cocina. Era raro que mi madre preparara el desayuno. Debía de haber faltado al trabajo ese día. Mi hermano probablemente estaba en el entrenamiento de fútbol, así que solo estábamos mi padre, ella y yo en la mesa. Me serví un trozo de tocineta y unos huevos revueltos que había en las sartenes sobre la cocina.

—¿Qué te pasa, Sasha? —me preguntó mi madre cuando me senté a la mesa frente a ella.

—Ayer me divorcié —murmuré.

—¿Ah, sí? Ni siquiera sabía que estabas casada—. Puso los ojos en blanco y frunció los labios. —¿Escuchaste eso, Dante? Nuestra hija nos está haciendo sentir muy orgullosos.

Miré a mi padre y mi corazón comenzó a latir con fuerza. Tenía los ojos inyectados en sangre de una forma extrema y extraña. Busqué con la mirada a la Sombra y allí estaba: una ligera neblina se levantaba de donde no llegaba la luz, en la tenue sombra que descansaba cerca de su brazo izquierdo y el respaldo de la silla.

Arqueé las cejas y me eché hacia atrás, lista para correr.

—Sigue, ¿qué más hay de nuevo?

Lola me impidió salir. Apoyó la barbilla en la mano y me miró de nuevo, con sarcasmo.

No podía creer que ella no lo viera. ¿Cómo es que no tenía miedo?

Miré a mi padre y vi que había vuelto completamente a la normalidad. La niebla sombría se había desvanecido. Sacudí rápidamente la cabeza de un lado a otro. Debe ser la falta de sueño, pensé, y el hambre extrema. No podía recordar cuándo fue la última vez que comí. Tomé un sorbo de agua antes de responder a su pregunta.

Entonces lo recordé. Las palabras del sueño, como un suave eco que flotaba en el aire. Algo sobre poner mi vida en orden.

—Me voy a meter en el ejército —solté de repente. Llevaba tiempo pensando hacerlo, pero no había tomado una decisión hasta ese momento.

—¿De verdad? ¡Ja! Tendrás suerte si te aceptan con tus antecedentes —soltó una risa ridícula—. ¿Qué te parece, Dante?

Le dio un codazo. Él me miró con los mismos ojos verdes profundos que veía cada día en el espejo. Con un ligero fruncimiento de ceño, dijo: "Me parece genial".

Era la primera vez que me hablaba de algo importante desde que tenía memoria. Con toda probabilidad lo había dicho solo porque quería que me fuera. Su estado de ánimo habitual era el de un borracho encabronado, y yo lo evitaba tanto como podía. Nunca se sabía qué lo molestaría, ni cuándo.

Tenía mal genio y arremetía contra mí, golpeándome en la cara con los puños al menor indicio de sarcasmo o rebeldía. Para Lola, mi madre, tampoco era fácil.

Cuando mi hermano y yo éramos pequeños, pasábamos muchas noches durmiendo en el carro o en un refugio después de que él la aterrorizara. Una vez, pareció que casi la mata. Pero ella siempre volvía.

Por eso, esta vez respiré aliviada ante su comentario conciliador. Asentí y comí rápido, antes de que volviera la niebla.

—Gracias por el desayuno, mami, estuvo rico.

Le di un beso en la mejilla y metí los platos en el lavaplatos.

Después de darme una ducha y ponerme ropa, saqué de mi gaveta una nota con un número de teléfono. Me la había dado un amigo —corrección, un ángel— que había entrado en mi vida cuando más lo necesitaba, encarnado en mi abogado de divorcio. Cuando estaba en mi peor momento, sin hogar y desesperada, me sugirió que me alistara en el ejército y me dio el número de su hermano, que resultaba ser reclutador.

Irme para el ejército no era solo una oportunidad para escapar de mi vida, que se estaba yendo por la borda poco a poco; me sentía atraída por ello. Probablemente, tenía algo que ver con el hecho de que mi signo del zodíaco era Aries, un signo de fuego regido por Ares, el dios de la guerra.

Las estrellas trazaron el camino, como diría mi titi Lily. Y ese día las estrellas me hablaron en mi horóscopo, y yo las escuché.

Hoy tendrás que tomar una decisión difícil que cambiará el resto de tu vida. Debes avanzar hacia la incertidumbre, salir de tu zona de confort y arriesgarte. Así es como encontrarás exactamente lo que estás buscando.

Marqué el número y, por algún milagro, él respondió a mi llamada de inmediato. Hablamos durante un rato sobre cómo era el servicio, qué le gustaba de él y cómo alistarse. No perdí el tiempo. Me explicó los siguientes pasos y, en pocas semanas, me presentaría al examen de ingreso en el ejército. Al menos ahora tenía un plan.

Comí lo suficiente para recuperar unos kilos y que la ropa me sirviera otra vez.

Fue entonces cuando decidí ponerme en forma. Empecé corriendo una milla al día, luego dos, luego tres, hasta llegar a seis millas diarias. Después de cada carrera, hacía una serie de abdominales y flexiones de pecho, tal y como me había dicho el reclutador que tendría que hacer en el campamento de entrenamiento. El oscuro tormento de la Sombra se calmaba cuando hacía ejercicio, lo que me ayudaba a dormir más profundamente. Aun así, los Sueños de la Sombra continuaban.

Parecían tan reales que, si le contaba a alguien lo que veía, estaba segura de que me tomarían por loca y mi madre probablemente me enviaría a un manicomio. Quería que se detuvieran, pero no sabía cómo. Así que me mantuve ocupada mientras esperaba para tomar el examen.

Acababa de llegar a casa después de correr cuando sonó mi teléfono.

—Señorita Sasha Moreno, por favor —dijo un hombre con una voz grave y sin rodeos.

—Ella habla.

Enderecé la espalda. Sabía que no se trataba de otro cobrador de deudas.

—Soy el sargento Hernández, de la oficina de reclutamiento. Nos gustaría que viniera a tomar el examen de ingreso —dijo. Mi corazón casi se me sale del pecho.

—¿Puede venir mañana?

—Sí. Sí, allí estaré.

—Genial, nos vemos a las ocho en punto.

—Sí, nos vemos entonces.

Se suponía que tenía que trabajar, pero daba igual. Llamaría para decir que estaba enferma. Era mi oportunidad.

CAPÍTULO 3

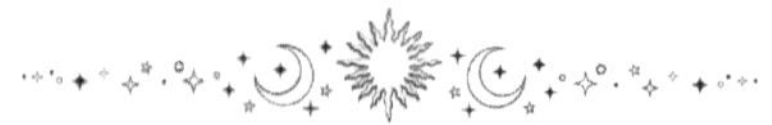

Terminé el examen y esperé. Pasó una hora antes de que el sargento de hombros anchos, seis pies de estatura y ojos sonrientes me llamara. Con el papeleo delante de él, se puso manos a la obra y me explicó que mis puntuaciones habían sido muy buenas.

—¿Cómo has conseguido una puntuación tan buena? —me preguntó mientras revisaba mi expediente en línea—. Es que tu transcripción de créditos de escuela superior muestran una imagen completamente distinta.

—Sí, bueno, la pasé mal en la escuela, pero eso no significa que no aprendiera nada.

Me examinó. Exhalé. Barajó algunos papeles y luego cruzó los brazos delante de sí.

—Debido a tu alta puntuación, tienes más opciones en cuanto a la carrera profesional que puedes elegir. Cada carrera tiene una fecha de inicio diferente.

—Quiero la más temprana.

—Vaya, qué prisa tenemos.

Tecleó algo en el ordenador, se tomó un momento para examinar la pantalla que tenía delante y luego me hizo una serie de preguntas sobre mi forma física.

—Bien. Cuando termines conmigo, volverás para hacer unas pruebas físicas y mentales con los demás. Pero, por ahora, todavía tengo algunas preguntas. Veo en tu solicitud que hablas español.

—Sí, señor.

—Este es el trato. Como estás ansiosa por empezar, hay una vacante para un especialista en SERE que se va dentro de un mes. Es un puesto difícil de cubrir porque es muy exigente físicamente y requiere una puntuación en las pruebas superior a la media, como la tuya —dijo mientras volvía a mirar la pantalla—. Ahora mismo indican que necesitan a alguien que hable español.

Su mirada se cruzó de nuevo con la mía.

—Por lo que me has explicado, cumples los requisitos físicos. Pero ¿estás lista?

¿"Seer"? Pensaba que eran profetas. ¿Quién diría que el ejército los necesitaba? Da igual. Si ser vidente significaba que podría salir de allí antes, entonces sí, por supuesto que estaba dispuesta. De todos modos, ya estaba viendo cosas.

—Estoy más que dispuesta.

—Aún no sabes lo que hacen».

—Ah, sí, tremenda observación. ¿Qué es un "seer"?

—Es un especialista en Supervivencia, Evasión, Resistencia y Escape. Entrenarás a otros para que aprendan a sobrevivir y escapar en los entornos más hostiles y remotos. Lo que significa que primero tendrás que aprender tú misma a sobrevivir y escapar.

Giró su monitor hacia mí y señaló la descripción en su computadora.

—Ah, ya entiendo, se escribe S-E-R-E, pero suena como vidente. Qué interesante. Nunca me había considerado una superviviente.

—También necesitarás una autorización de seguridad secreta. Podemos conseguirla en las próximas semanas, siempre y cuando no hayas matado a nadie.

Él se rio, pero yo no. Me brotaron gotas de sudor en la frente. ¿Me concederían la autorización con todos mis antecedentes penales y con mi ex en el cártel? Me moví en la silla. Bajé la mirada hacia mis manos y las apreté con fuerza. Tenía que pensar. Quería salir corriendo de la habitación y desaparecer. No quería mentirle, pero tampoco quería quedarme.

Diablo. Ni por joder me van a dejar alistarme. ¿En qué estaba pensando? Nadie me va a aceptar, estando tan destrozada como estoy.

Evalué al sargento. Hasta ahora, parecía pensar que tenía lo que hacía falta para alistarme. Me levanté y empecé a dar vueltas, con nubes negras llenando mis pensamientos. No, ¿a quién pretendía engañar? Era hora de irme. Me acerqué a la puerta, lista para salir corriendo.

El sargento dejó de escribir y preguntó: "Oye, oye, recluta, ¿adónde vas?"

Con la mano apoyada en la manija de la puerta, planté los pies en el suelo. Acababa de llamarme recluta. Así se llamaba a alguien que ya había sido aceptado. Me di la vuelta y volví hacia él.

—No lo sé. Me entró el pánico. Lo siento—. No mientas. —He tenido algunos problemas en los últimos años. No creo que me den la autorización.

—¿Qué tipo de problemas?

Le conté la versión resumida de mi ex, el rey de la mafia en ascenso, un arresto por posesión de marihuana y varios incidentes por hurto en tiendas. Ni siquiera se inmutó. Pensé que me diría que tenía que irme en ese mismo instante.

—No suena tan mal. Dime, ¿cómo se llama tu ex?

Jugueteé con los dedos. ¿Debía decírselo? O sea, ¿podría volverse en mi contra más adelante? "Omar García", solté antes de poder convencerme de no hacerlo.

Volvió a su computadora y siguió escribiendo.

—Por lo que veo, tu récord está limpios —dijo—. Es normal cuando no se comete un delito grave, los cargos se presentan como menores y se cumplen todos los requisitos del tribunal. En cuanto a tu ex, no te arrestaron y no te implicaron en ninguno de sus cargos. Adelante, presenta tu solicitud de verificación y todo lo demás. Deja que ellos decidan. Para ser sincero, Sasha, no creo que tengas nada de qué preocuparte. Cuando se trata de estas verificaciones, buscamos amenazas de espionaje, abuso de drogas, conducta sexual inapropiada e indicios de ciertos tipos de trastornos psicológicos. Estoy seguro de que no tendrás ningún problema.

Me enderecé en la silla.

—Vale la pena intentarlo. Y si no pasas la verificación, aún hay detalles profesionales que podrías introducir fácilmente. Así que no te rindas tan rápido —dijo con una sonrisa tranquila—. Si sigues utilizando las mismas destrezas de supervivencia que te han traído hasta aquí, te irá muy bien en el campo. Creo que tienes un gran potencial.

No podía creer lo que escuchaba. Nadie me había dicho nunca que tenía potencial. ¿Pensaría lo mismo si supiera que sufría horribles pesadillas y alucinaciones? Probablemente no, así que medí cuidadosamente mis siguientes palabras.

—De acuerdo. Vamos allá.

Por fin tenía una oportunidad real de hacer algo con mi vida. Iba a aprovecharla.

—Genial. Prepara tus cosas, porque tu fecha de alistamiento es el 1 de agosto.

Durante el mes siguiente, lo único en lo que podía pensar era en convertirme en SERE. Hacía ejercicio casi todos los días para superar los requisitos físicos y, siempre que podía, cogía la guagua para ir a la playa a nadar. Mi apetito aumentó y todo el dinero que ganaba en la peluquería lo gastaba en comida.

Los sueños continuaron, convirtiéndose en una compañía no grata. Un dolor de cabeza constante, que me atravesaba el lado izquierdo del cerebro y luego el derecho. Durante las horas en que estaba despierta, aparecían y desaparecían sombras borrosas sobre ciertas personas, pero no sobre otras. En ciertos lugares, pero no en otros. Cada vez que las veía, quería huir. Esconderme.

Mierda. ¿Y si perdía la cabeza mientras estaba en el campamento de entrenamiento? Supuse que no podía ser peor que perderla aquí, en casa. Pensé que al menos, si me alistaba, lo intentaría.

Entonces llegó el día en que preparé una pequeña maleta con lo imprescindible. Mientras estaba en mi habitación, cerrando la cremallera de la maleta, entró mi madre.

—Ten cuidado. No te metas en más líos. Y no vengas a pedirme que te ayude a arreglar algo si se convierte en otro desastre.

Se puso las manos en las caderas, con el rostro impasible.

—Lo sé, no te preocupes. Ya no seré un problema para ti. Además, el reclutador me dijo que tenía potencial y le creo —gruñí.

Ella simplemente se encogió de hombros y luego me abrazó. "Buena suerte, Estrellita".

Después de unos segundos, levanté los brazos para unirme al abrazo por un instante fugaz y luego la solté. Ser consolada se parecía demasiado a ser compadecida, y no podía adentrarme en este nuevo mundo desconocido compadeciéndome de mí misma. No ahora.

—Bueno, me voy.

Mi corazón se aceleró. Esto era realmente el final. Me acompañó hasta la puerta.

—¿Quieres que te lleve? Tengo tiempo.

—No, está bien. Me voy en guagua —insistí.

No debía dejar lugar a una larga despedida o a un cambio de opinión. Tenía que mantener el enfoque.

En ese momento, detrás de mi madre, vi la niebla oscura acechando en la esquina de la habitación. Pulsaba y vibraba allí mismo, subiendo y bajando, como si respirara. Mis ojos se fijaron en la extensión sombría cuando la escuché llamarme.

Sasha.

Me quedé mirando la profunda e infinita neblina negra. Tan oscura que ninguna luz podía existir en ella. Solo una profundidad palpitante, ondulante y flotante.

—¿Sasha? —dijo mi madre, y volví la mirada hacia ella. Me eché el bolso al hombro y salí con prisa por la puerta. Y no miré atrás.

Capítulo 4

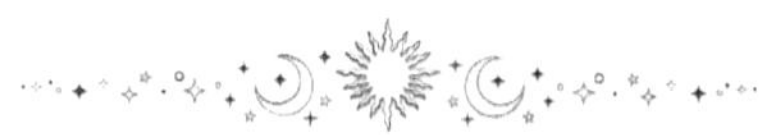

Tuve suficiente tiempo para pensar de camino al campamento militar. Pensé mucho en mi titi Lily. Ella intentó explicarme cómo era diferente de los demás niños hace tantos años, antes de morir. Antes de que mi mundo pasara de ser brillante y lleno de posibilidades a convertirse en un caos.

Mi vida fue una sucesión de errores. Cometí el error de trabajar con la mafia y estropear un trabajo importante. De casarme con el hombre equivocado con solo diecinueve años y divorciarme de él tres meses después. Cometí el error de abandonar la universidad y arruinar mis posibilidades de tener una buena carrera. Y cometí el error de matar a mi titi cuando solo tenía diez años al decirle que se subiera al avión equivocado. Viví con esa culpa todos los días de mi vida, tanto que sentía que me destrozaba por dentro.

Ella fue quien me dijo que tenía un destino muy específico. Uno que estaba escrito en las estrellas. Lo que no me dijo fue que todo mi destino tenía un precio y que pagué el mayor de todos con su muerte.

DIEZ AÑOS ANTES

—Y ¿qué es esto que está aquí? ¿Qué son estos colores? —preguntó mi titi Lily, señalando el resplandor amarillo anaranjado que la rodeaba.

—Es tu luz. Es mi color favorito, y tu luz brilla más que ninguna otra que haya visto jamás.

Estábamos sentadas en el sofá de su salón. Lily era la hermana de mi madre, y mi familia estaba de visita en su finca en Puerto Rico durante el verano. Me estaba preguntando por todos los dibujos que guardaba en mi cuaderno de bocetos. En cuanto le hablé de su luz especial, me rodeó con ambos brazos en un gran abrazo. Quería mucho a mi titi Lily.

—¿Me regalarías este dibujo? –preguntó—. Quiero enmarcarlo y colgarlo en la pared para poder verlo todos los días.

Mi pecho se hinchó de orgullo.

—Por supuesto, me encantaría.

Esa noche, mientras los coquíes cantaban en la copa de los árboles tropicales que nos rodeaban, escuché a mi madre y a Lily hablando de mis dibujos. Estaban sentadas en el balcón, disfrutando de la fresca brisa caribeña que soplaba desde el lago situado en el valle, debajo de la casa.

—Déjame quedarme con ella aquí en Villalba, Lola. La prepararé para su iniciación como es debido. La convocarán en la alineación, y tú solo le estás haciendo más daño al ignorarlo —le dijo Lily a mi madre con una voz aguda y cortante, muy diferente a la voz suave y redonda a la que yo estaba acostumbrada.

—¿Convocada? ¿Crees que la convocarán? No... no si yo puedo evitarlo. Y no, no te voy a dar a mi hija.

Lola dio un largo trago a su copa de vino mientras miraba a Lily con ira.

—¿Quieres que acabe como Celeste? ¿Crees que eso es vida? ¡Es mejor que la alternativa, y lo sabes!

La voz de Lily era ahora aún más aguda y cortaba la brisa.

—¿Por qué crees que me mudé a Miami? Para alejarme de ti y de esta brujería loca. Ella no es una descendiente, no es una nagual, no es ninguna de esas cosas ridículas que tú y el resto de tu "aquelarre" creen que es—. Respiró hondo. —Si Dante nos oye hablar de esto, me dejará. ¿Te das cuenta?

La voz de Lola era ahora suave. Mi titi suavizó su mirada y bajó los hombros al oír las palabras de su hermana.

—No te preocupes, todavía tenemos tiempo.

Lily le sonrió. Mi titi era la hermana mayor y se había convertido en la matriarca de la familia cuando murió mi abuela. Quería mucho a mi madre, como hermana y como hija.

No entendía nada de lo que hablaban. Solo era una niña de diez años que todavía tenía amigos imaginarios y veía luces de diferentes colores brillando alrededor de todo el mundo. También veía nubes monstruosas, oscuras y aterradoras sobre ciertas personas, como mi padre, y en los rincones oscuros y grietas del mundo. Mis compañeros de clase me llamaban rara y me costaba hacer amigos por eso. Mi madre odiaba mis dibujos y me decía que dejara de hablar de las luces.

Pero por más que lo intentara, no podía dejar de ver las luces, y no podía hacer desaparecer mis sueños sobre ellas. Al final del verano, cuando regresamos a Miami, lo intenté. Dibujé unicornios y arcoíris, como mis amigos de la escuela. Un día, llevé a casa un dibujo de nuestra familia, sin bolas de luz, y ella dijo con una gran sonrisa: "Es precioso, mi amor".

Pasaron unos meses más y mi titi Lily vino de Puerto Rico a visitarnos. Escuché otra de esas conversaciones con mi madre sobre una invocación y, cuando le pregunté a mi madre al respecto, me dijo que no debía andar de metiche espiando a escondidas.

Un día, mi titi me llevó de compras y me compró un vestido amarillo con flores. Luego me llevó a comer un helado. Sentadas en la mesa disfrutando de nuestro sabor favorito, chocolate con chispas, me preguntó con una sonrisa: "Mija, ¿todavía ves esas luces por todas partes?". Tenía el pelo ondulado de color castaño dorado y unos preciosos ojos almendrados que siempre me llenaban de amor.

—No tanto como antes, Titi. Ahora solo a veces, como cuando estoy contigo —respondí.

Los colores verde y dorado bailaban tenuemente alrededor de Lily, lo que me hizo sonreír con asombro. Ella me rodeó con su cálido brazo y me abrazó con fuerza. Me encantaba cuando hacía eso. "Estrellita, eres especial, ¿lo sabes, verdad?".

Asentí con la cabeza; me lo había dicho muchas veces desde que era bebé.

—Bien. Llegará un momento en el que te llamarán al servicio. Será alrededor de tu cumpleaños número veinte, durante el tránsito de la duodécima casa.

—¿Qué significa eso? —pregunté con los ojos muy abiertos.

—Bueno, ¿te acuerdas de tu carta natal, verdad? La revisamos en mi casa. Cuando tu Marte en transición en trígono con Plutón natal esté en la Duodécima Casa, sentirás la necesidad de actuar según tus deseos más profundos y cumplir con el karma de tu Contrato del Alma. No puedes hacerlo sola, así que te presentaré a otra persona especial llamada chamán. Él vendrá a llevarte a una escuela donde las cosas que te hacen diferente, como las luces que solo tú puedes ver, se consideran normales. Y habrá otros que se parecen mucho a ti. ¿Te gustaría eso?

Asentí emocionada. ¡Qué genial sería conocer a otros niños como yo!

—Estaré a tu lado cuando eso suceda. Cada vez que estemos juntas, te mostraré cosas que te ayudarán a prepararte para cuando llegue tu momento—. Sus ojos buscaron los míos. —Hasta entonces, mantén las luces que ves entre nosotros, ¿de acuerdo? No se lo cuentes a nadie. Ni siquiera a tu madre. Ella no lo entenderá.

Su expresión se ensombreció y apretó los labios formando una línea delgada.

—Pero ¿por qué soy especial, Titi? ¿Por qué puedo ver estas cosas que los demás no ven?

No quería ser diferente a los demás niños.

—Bueno, tiene que ver con el momento y el lugar en que naciste, y con el hecho de que eres descendiente de alguien como tú.

Entendí perfectamente lo que quería decir.

—¿Te refieres a que nací con el sol en la primera casa de Aries? ¿Y a que mi bisabuela era una maga del otro lado de las Puertas?

Una risa radiante y fácil eyaculó de su garganta, y no pude evitar devolverle la sonrisa. "Me alegro de que sigas con tus estudios sobre el zodíaco. Te ayudarán mucho". Dio un mordisco a su helado. "Las estrellas trazan el camino. Recuérdalo siempre". Sonrió y me acarició suavemente la espalda.

"Ok, lo recordaré, Titi". Estaba demasiado preocupada por el sabor del helado de chocolate como para hacer más preguntas. Simplemente, asentí con la cabeza y me metí otra cucharada dulce en la boca.

Pero esa noche tuve la peor pesadilla de mi vida...

Estaba viendo la televisión en mi salón y vi un avión sobrevolando el océano. Mi corazón empezó a latir con fuerza cuando vi cómo un rayo golpeaba el ala del avión y salía humo negro del motor. Con los ojos muy abiertos, me acerqué al televisor y puse las manos sobre la gruesa pantalla de cristal.

¡Era el avión de Titi Lily! Estaba rodeado por una nube negra monstruosa.

Ahora podía ver el interior del avión y, cuando lo hice, vi a Lily sentada en su asiento con una mirada de pánico en su rostro. Miraba a su alrededor con ansiedad mientras escuchaba los gritos a su alrededor. El avión se sacudió al caer en picada y se oyeron fuertes estallidos en el exterior.

Bolsos, maletas, revistas y vasos salían disparados por los aires a su alrededor. Parecía muy asustada. Cuando el avión se acercó aún más al océano, vi que movía la boca y, aunque no pude oír lo que decía, ya no vi miedo en sus ojos mientras susurraba palabras para sí misma. En cambio, parecía tranquila.

Me desperté con lágrimas calientes resbalando por mis mejillas. Corrí a la habitación de mi madre y le rogué que no dejara que la titi Lily subiera al avión al día siguiente.

Todo lo que dijo fue: "Vuelve a la cama, Sasha. Todo va a estar bien".

Volví a mi habitación y me senté en el escritorio. Sabía que mi madre no quería ver más dibujos, pero en ese momento no me importaba. Cogí una hoja de papel en blanco y aparté mis muñecas y juguetes para hacer espacio y dibujar algo que le llamara la atención. Dibujé un avión cayendo al océano con líneas negras y grises arremolinándose a su alrededor.

Por la mañana, le mostré mi dibujo a Lily mientras desayunaba. Su rostro se puso serio.

—No pasa nada —dijo con voz tranquila y reconfortante—. Todo va a estar bien.

Mi madre, sentada junto a Lily, agarró el dibujo y lo arrugó hasta convertirlo en una bola. "Te he dicho que no dibujes más cosas así. Estás asustando a todo el mundo con esta locura. Se acabó".

¿Por qué no me escuchaba?

—¡Pero no puede subir a ese avión, mami! ¡Se va a morir! —grité. Nunca antes le había gritado a mami.

—Sasha, ya basta. Ahora pídele perdón a tu titi —dijo, levantándose de la silla y mirándome con ojos fulminantes.

Miré a la titi Lily y supe por su expresión que no estaba enfadada conmigo. —Perdón.

Lily me guiñó el ojo rápidamente mientras mi madre seguía mirándome, y cuando mi madre se dio la vuelta, oculté una sonrisa. Sabía que mi titi me escucharía. Sabía que no subiría a ese avión, no después de lo que le había mostrado.

Más tarde esa noche, vino a mi habitación. Se sentó en mi cama y me abrazó. "Te creo y voy a cambiar mi vuelo por otro".

—No, no te vayas. Quédate aquí, titi —lloré, abrazándola. Nadie me entendía como ella. No quería que se fuera.

—Tengo que volver a casa. La madre del tío William está enferma y tenemos que cuidar de ella. Pero no te preocupes, no cogeré el mismo vuelo. Te lo prometo.

Sus ojos eran cálidos y reconfortantes.

Al día siguiente, se fueron al aeropuerto mientras yo estaba en la escuela. Más tarde, sonó el teléfono mientras cenábamos. Salté de mi silla. Había estado nerviosa toda la noche, preguntándome qué le pasaría a Titi.

Mi madre se levantó de la mesa y cogió su teléfono de la credenza.

—¿Hola?

Fijé mi mirada en ella.

—Sí, soy Lola Rivera.

Como la mayoría de las mujeres hispanas, había conservado el apellido de su padre.

Un momento después, se quedó completamente inmóvil. Vi cómo se le iba todo el color de la cara. Se volvió para mirarme y entrecerró los ojos con expresión de incredulidad y disgusto. Luego me dio la espalda y apoyó el hombro contra la pared. Todo su peso se volvió demasiado pesado para sus piernas y se desplomó en el suelo con un fuerte golpe.

Mi padre se levantó de un salto de la mesa y corrió hacia ella. La rodeó con el brazo por la espalda y, cuando ella lo miró, se agarró a su cuello y lo único que escuché fue el sonido de su respiración entrecortada entre lágrimas.

—¿Qué pasó? —preguntó mi padre mientras la abrazaba.

—Es Lily... Su avión se estrelló en el Atlántico —susurró.

Aunque sabía que esto pasaría, esperaba estar equivocada. Pero más que eso, le había rezado a Dios que estuviera equivocada. Titi Lily había muerto porque nadie escuchaba a una niña de diez años. Especialmente a una niña de diez años que soñaba con cosas antes de que sucedieran y veía todo tipo de luces extrañas rodeando a otras personas.

Ahora que Titi Lily había muerto, odiaba mis dibujos.

Odiaba mis sueños.

Solo quería ser como los demás.

Capítulo 5

El eco de mis pesadillas se rompió con un grito que me devolvió al presente.

—Ahí está, nuestra reina de belleza. No sabía que dejaban entrar a chicas de sororidad en el campamento —gritó mi instructor militar mientras pasaba corriendo junto a él durante nuestra carrera matutina. Lo que ese instructor no sabía era lo lejos que distaba yo de ser una chica de sororidad o una reina de belleza.

Era mi segunda semana en el campamento de entrenamiento, y nuestros instructores no paraban de gritarnos órdenes y humillarnos. Los reclutadores lo explicaban como entrenamiento de resiliencia, acondicionamiento mental y una forma de enseñarnos a respetar a nuestros superiores. Yo solo intentaba imaginarme en un campo de entrenamiento de Resident Evil antes de salir a matar zombis.

Me alivió que mi instructor pensara que parecía una de esas chicas que se unirían a una sororidad. Aunque nunca me había visto así, en ese momento me pareció bien. Sobre todo porque había llamado la atención de un instructor en particular: Grange.

Él es a lo que muchas se refieren al decir que no hay nada más sexy que un hombre ridículamente guapo en uniforme. Es decir, la forma en que el uniforme se ajustaba a sus hombros tonificados, se ceñía a su pecho musculoso y tensaba sus glúteos... Me costaba mucho esfuerzo dejar de mirarlo. De hecho, era como si no pudiera evitarlo. Normalmente, no era así. O sea, veía a muchos chicos guapos en Miami. Pero con él era diferente. Era distracción total para mí.

Creo que nunca había visto a un hombre tan atractivo en mi vida, y estar cerca de él hacía que mereciera la pena alistarse en el ejército.

Acabábamos de regresar de nuestro entrenamiento físico matutino, y el ejercicio de ese día había sido especialmente agotador bajo la lluvia de cuarenta grados que caía sobre nosotros desde el cielo. Mi escuadrón era resistente y lo superamos sin ni siquiera gruñir. Rápido aprendimos a no quejarnos, gruñir ni protestar durante los rigurosos ejercicios. Mientras subíamos las escaleras, todos estábamos ansiosos por entrar, quitarnos la ropa fría y mojada y bañarnos en una ducha de dos minutos. Nos apresuramos, subimos las escaleras uno al lado del otro y nos amontonamos en la entrada.

El instructor Grange gritó: "¡Abran paso!", y nos apresuramos a ponernos firmes, abriendo un espacio para que el instructor pasara mientras nos alineábamos con la espalda contra las paredes. Tardamos un momento en colocarnos en nuestros puestos, y cuando lo hicimos, todo quedó en silencio.

Grange ordenó: "¡Atención!", y luego se acercó a nosotros uno por uno, con sus ojos penetrantes buscando la más mínima emoción en nuestros rostros.

Cuando llegó a mi lado, me miró fijamente durante lo que me pareció una eternidad, y tuve la oportunidad de observarlo con detenimiento. Sus ojos, nariz y boca estaban perfectamente situados en su rostro, y mis mejillas se sonrojaron cuando enfocó su atención en mí. Desde que lo vi por primera vez, no pude dejar de mirarlo. Era como si cada parte de mí sintiera un deseo incontrolable por él. Sin embargo, tenía competencia. Solo en la última semana, él era el único tema de conversación entre todas las reclutas. Las escuchaba preguntarse si estaría casado, comparaban notas sobre el tamaño de sus manos y pies y le lanzaban miradas coquetas cada vez que tenían la oportunidad.

Pero ahora, cuando se acercó y se detuvo frente a mí, una energía ardiente recorrió mi cuerpo y despertó todos mis sentidos. Mis labios se separaron ligeramente mientras mi mente trataba de imaginarlo sin su uniforme, con el pecho desnudo, solo para mí.

Mi rostro se sonrojó cuando el calor recorrió mi cuerpo hasta llegar a mis mejillas. ¿Era lujuria lo que veía en sus ojos?

Su expresión se oscureció con ese aire controlado y autoritario que tenía, y eso solo sirvió para que lo deseara aún más. Pero entonces vi un destello de fuego en él. Esa pequeña chispa me sacó de mi estado de excitación. Una vena de su cuello latía de forma antinatural.

No, me dije a mí misma, es solo mi imaginación. Estaba lo suficientemente cerca como para que mis pulmones se llenaran del aroma a naranja y especias de la ligera colonia que descansaba sobre su profunda piel oliva. Se me puso la piel de gallina en los brazos y mi interior latía con fuerza, con el impulso de presionar mis labios contra los suyos.

La recluta que estaba a mi lado me dio un codazo. Llevaba demasiado tiempo mirando sus labios, imaginándolos cubriendo cada parte de mi cuerpo.

Parpadeé varias veces. Enfócate. Cuando recuperé la conciencia, evité mirarlo a los ojos y traté de concentrarme en otra cosa. Una niebla oscura y transparente se elevó de sus brazos y su pecho. Por el rabillo del ojo, pude ver el caos que se arremolinaba dentro de la sombra que proyectaba en el suelo, abriendo un abismo sin fin hacia un reino aún más profundo que existía en su interior. Entonces me di cuenta de que tenía la tan familiar nube negra monstruosa.

Debió de percibir mi miedo, porque se rio y dijo: "Vaya, ¿viste eso? Esta tiene mirada de loca".

Maldita sea, incluso su risa era sexy. Apreté los ojos y bajé la cabeza.

—Debes de estar loca porque no te dije «descansa». Ahora debes recomponerte.

Volví a mirarlo a los ojos y observé cómo esbozaba una sonrisa cautivadora y miraba a su alrededor en la escalera. Su sonrisa me conmovió profundamente. Levanté la barbilla y arqueé ligeramente la espalda.

—Está bien, te daré un respiro. Quizá no estás loca y solo tienes hambre. Para ser sincero, a veces yo también me vuelvo un poco loco cuando tengo hambre. De hecho, voy a averiguarlo—. Se volvió hacia mí y me preguntó: "¿Tienes hambre?".

¿Qué me estaba pasando? No podía lanzarme sobre Grange. No aquí, no delante de todos. Evité mirarle a los ojos y respondí: "No, señor".

—Respuesta equivocada, Moreno. Muy equivocada. De hecho, deberías tener mucha hambre considerando la cantidad de ejercicio y energía que gastas aquí en el básico—. Se volvió hacia la recluta que estaba a mi lado y le preguntó: "Apuesto a que tienes hambre, ¿verdad?".

—Sí, señor —respondió ella.

—Así me gusta. Honestidad. Integridad. Eso es lo que defendemos—. Se volvió hacia mí. —Ahora quiero que entres, te duches y te vistas. Tú sola. Luego ve al comedor y desayuna. Mientras lo haces, el resto de tu escuadrón estará aquí esperándote. De pie, exactamente donde están.

Me fijé en su mandíbula y sus labios marcados, que complementaban a la perfección su musculoso pecho y sus brazos. Era extraño. En un momento me imaginaba con las piernas envueltas alrededor de su cuerpo desnudo y esculpido, y al siguiente sentía una profunda sensación de aprensión. Debía de ser mi mente nublada.

Concéntrate, maldita sea. Sacudí la cabeza y dije: "No puedo hacerlo, señor. No es justo para ellos".

—Es una orden. Hazlo ahora.

—Sí, señor —respondí.

Con las cejas arqueadas, miré a las otras mujeres. Odiaba hacerles esto, pero sabía que tenía que alejarme de ese hombre tan atractivo que tenía de frente. Me abrí paso a su lado, sintiendo su mirada y su aliento caliente en mi cuello mientras lo rodeaba en la estrecha escalera.

Apresurada, me metí en el agua fría, me enjuagué, me lavé los dientes y me peiné el pelo, ahora corto, que me llegaba justo por encima del cuello. Me puse rápidamente el uniforme de camuflaje y salí corriendo hacia el comedor, pasando junto a todas las chicas que seguían de pie en la escalera. Sus miradas gélidas me atravesaron mientras pasaba.

En el comedor, cogí un huevo cocido, una tostada y medio vaso de agua. Comí en menos de dos minutos y estaba a punto de levantarme cuando el instructor se acercó con un plato lleno de comida.

—Moreno, eso no es un desayuno saludable. Toma, come esto—. Dejó el plato delante de mí. —Cuando te lo hayas comido todo, puedes volver al dormitorio. Y no te olvides de los electrolitos. Necesitas fuerzas, reina de belleza.

El plato tenía tres panqueques, tres huevos revueltos con queso, una taza de fruta, dos tiras de tocineta y tres vasos de líquido amarillo, azul y naranja. Era más de lo que comía en todo un día, por no hablar del desayuno.

Mis hombros se hundieron por un momento, pero decidí terminarlo. Clavé el tenedor y me puse a comer con ganas. Cinco minutos después, estaba metiéndome los últimos bocados en la boca.

Con movimientos cortos y eficientes, regresé al dormitorio. La gente se movía a mi alrededor mientras otros equipos se dirigían a la cafetería, llenando los pasillos y los dormitorios. Mantuve un ritmo rápido mientras hacía el corto trayecto de vuelta a nuestro dormitorio. Cuando llegué, Grange ya estaba allí.

Gritó: "Descansen", y al instante las chicas dieron un gran suspiro de alivio y se apresuraron a prepararse para el desayuno. Dos que pasaban por mi lado de camino al baño me empujaron con los hombros y me lanzaron miradas de desprecio. No las culpé. Yo también me odiaría.

El escuadrón, ahora limpio y vestido con sus uniformes de camuflaje, estaba alineado y listo para ir a desayunar cuando Grange gritó: "¡Todos pueden ir a desayunar! ¡Excepto Moreno! Como ya has comido, quédate aquí. Creo que puedes ayudar a tus compañeras reclutas a adelantarse en la inspección limpiando las duchas".

—Sí, señor.

Bueno, no me disgustaba en absoluto la idea de estar a solas con él.

Capítulo 6

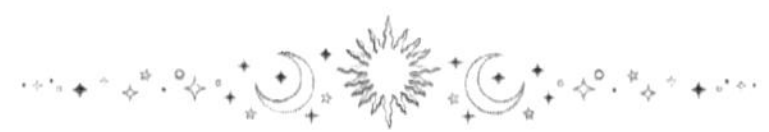

El silencio que dejaron atrás en el dormitorio rápido se llenó con los susurros agudos de la Sombra que atrajo la presencia de Grange.

¿Por qué ahora? Resistí el impulso de mirar a mi alrededor, a la oscuridad que sentía que se deslizaba desde cada rincón de la habitación, cada lugar adonde no llegaba la luz.

Grange se acercó a mí mientras yo permanecía de pie, en atención, al pie de mi cama. En primer lugar, ¿estaba él provocando esa espeluznante y oscura niebla de sombras? En segundo lugar, ¿qué me estaba pasando que me hacía desear que me arrancara la ropa?

Se colocó justo delante de mí y tuve que hacer acopio de todo mi autocontrol para no morderme el labio y pestañear.

—¿Qué tal el desayuno? Tienes que comer más—. Me miró de arriba abajo. —¿Cuánto pesas, cien libras? La actividad física aquí es intensa y necesitas energía.

¿Se había fijado en mí? Sentí que se me subían los colores al rostro.

—Gracias, señor. Comeré más.

—Ahora, dime —dijo, dando un paso más cerca—. ¿Qué hace una chica tan guapa como tú en un lugar como este?

Evité mirarlo por mis hormonas en ebullición. Me agarró la barbilla con la mano y me giró la cara hacia él. Entonces miré directo a sus hombros, porque era una cabeza más alto que yo. Me levantó la barbilla con la mano y me obligó a conectar con sus intensos ojos negros.

Mi cuerpo vibraba de deseo y, cuanto más lo miraba, más difícil me resultaba resistirme. Bajó la cara para encontrarse con mis labios y el contacto hizo que mi sangre se calentara. Sentí cómo su lengua se derretía dentro de mi boca y me incliné hacia él. Levanté las manos y me aferré a los pliegues de su uniforme.

Él se apartó y empecé a respirar rápidamente. Me costaba llenar mis pulmones de aire, ya que mi cuerpo se agitaba con la excitación de su tacto.

—Pareces una chica agradable, Moreno, pero creo que escondes algo. No tienes muchos amigos aquí. Desde luego, hoy no has hecho ninguno.

Mis manos seguían aferradas a su uniforme, tirando de él. Intenté acercarlo más, pero no se movió.

—Tu entrenamiento solo se volverá más duro, no más fácil. ¿Quieres que estas chicas te odien? —preguntó en voz baja.

—No, señor —respondí.

No podía volverme loca. A la mierda con eso. ¿Y qué pasaba con esas extrañas chispas en sus ojos? Eso no era normal, o ya estaba loca.

Miré mis manos y respiré su aroma a especias. Lo único que quería en ese momento era desabrocharle la camisa y acariciar ese pecho perfectamente musculoso que sabía que se escondía bajo su uniforme. La niebla que lo envolvía me impidió hacerlo porque me heló los huesos.

—Entonces tendrás que dejar que te ayude.

Grange volvió a colocar su mano en mi barbilla y me miró fijamente, sus ojos se posaron en mis labios y se quedaron allí durante varios latidos.

—Si juegas bien tus cartas, no le diré a nadie que encontré este cuchillo entre tus pertenencias personales. Esto haría que te echaran de aquí en un segundo.

Una pequeña navaja apareció instantáneamente entre sus dedos y la hizo girar.

—No es mía, señor.

Aparté mi cara de su agarre. Sentí cómo me ardía el pecho al darme cuenta de que estaba jugando conmigo. Las yemas de mis dedos ardían y sentí cómo su calor me quemaba la piel.

—Bueno, entre tú y yo, también me dijo un pajarito que ayer intentaste seducir a una de las chicas en la ducha. Esto no pinta nada bien para ti.

La comisura de sus labios se curvó en una leve sonrisa mientras la niebla se cernía a su alrededor. Mis ojos se abrieron con sorpresa. ¿De qué carajo estaba hablando?

Casi pierdo el equilibrio, pero rápidamente me recuperé. Él quería algo. Suavicé mi expresión; yo también quería algo. Todo mi cuerpo se sentía electrizado cuanto más se acercaba a mí. Estaba a solo un pie de distancia, tan cerca que podía rodearlo con mis brazos y sentir la presión de su cuerpo duro contra el mío. Estaba lista para convencerlo de que estaba confundido acerca del cuchillo. Debía haberlo puesto allí una de las otras chicas.

—Quizás te proteja —dijo—. Después de todo, eres nueva en este estilo de vida. Algunas cosas se pueden pasar por alto. Pero necesitaré que hagas algo por mí.

El dorso de su mano rozó mi pecho y mi piel se estremeció con su contacto. Haría cualquier cosa por ti. Sentí el calor de su mano cuando la colocó en mi costado y, al apretar su agarre, me atrajo hacia él. Su otra mano se elevó hasta mi cuello e inclinó mi cabeza hacia un lado, su aliento caliente haciendo que mi cuello hormigueara de la manera correcta.

Donde su boca tocó mi piel, sentí un dolor agudo y punzante y solté un grito que, sin querer, salió amortiguado y suave. Se me puso la piel de gallina por todo el cuerpo y sentí un profundo tirón desde el interior de la piel de mi cuello.

Intenté empujar contra su pecho duro y firme, pero era como si no tuviera fuerzas. Mi mente divagó, se alejó a algún lugar borroso donde no podía ver ninguna luz.

—Ahora eres mía. Te poseo —dijo con voz grave y gutural.

Soltó mi cuello de entre sus dientes y yo retrocedí tambaleándome. Cuando escuché su voz, recuperé la conciencia y volví a tener algo de control sobre mis piernas. Pude volver a pensar, como si hubiera estado profundamente dormida y acabara de despertar.

¿Qué estaba pasando? Ah, sí, estaba allí, en los dormitorios militares. Estaba escuchando a Grange. Me estaba dando una orden, y sus órdenes hacían que mi interior se calentase. Palpitaba.

Levanté la vista hacia sus ojos negros. Brillaban con chispas rojas. Es tan sexy, pensé al principio. De hecho, ese pensamiento se repetía en mi mente.

Entonces volví a ver la niebla, arremolinándose alrededor de sus manos, brazos y cabeza. Fue entonces cuando me di cuenta de que era una persona mala.

Por mucho que lo deseara, una voz tranquila dentro de mí intentaba advertirme. Mi mente no estaba clara cuando estaba con él. Pero, a pesar de que esta intuición molesta tiraba de mí, no podía ir en contra de él en ese momento, porque si lo hacía, podrían botarme de allí.

Mierda. Mi cuerpo lo deseaba y no podía evitar hacer lo que él quería que hiciera. Además, no podía volver a ese miserable lugar llamado hogar.

Me quité la camiseta y dejé que me tomara.

Él alcanzó mis pechos y agarró uno con la mano. Dejé escapar un suave gemido de excitación mientras mis manos subían para desabrocharle el uniforme. En cuanto vislumbré su musculoso pecho, me abalancé para que mis labios pudieran encontrarse con su piel. Su sabor era puro éxtasis, y solo aumentó en mí una necesidad frenética de sentir sus manos por todo mi cuerpo.

Grange presionó sus dedos contra mis costados mientras me acercaba más a él, bajando poco a poco una mano hasta posarla justo encima de la cintura de mis pantalones. Un calor cálido y palpitante creció desde mi centro. Movió mi cabeza hacia un lado y ese dolor punzante y agudo volvió a atravesar mi piel. Su gruñido grave resonó en mis venas.

Agarré la tela de sus pantalones con fuerza mientras volvía a perder el conocimiento. En ese momento, él echó la cabeza hacia atrás rápidamente y me dijo que me vistiera. Mi visión estaba borrosa y no podía entender lo que decía, pero él se estaba poniendo la camisa muy rápido y me decía que me subiera la cremallera de los pantalones.

Cuando terminé de vestirme, oímos a gente subiendo por la escalera.

—¿Cómo lo sabías? —pregunté en voz alta mientras él se alejaba varios pasos de mí.

—Oídos de vampiro.

Me reí porque de seguro sería una broma. Todo aquello era muy divertido y mi cuerpo aún estaba caliente por su contacto.

Las comisuras de su boca se curvaron en una sonrisa astuta, y recordé la sensación de sus labios en mi cuello. Colocó sus manos divinas donde me había mordido y aplicó presión durante cinco largos segundos.

—Continuaremos más tarde.

Mi corazón latía con fuerza en mis oídos mientras exhalaba un largo y tembloroso suspiro. Entraron dos instructores y me arrodillé, recogiendo las sábanas a un lado de la cama.

—Sargento Grange, tenemos que coordinar el entrenamiento de hoy. Tenemos que cubrir al sargento Smith —dijo uno de los instructores.

—Claro. Baja por maternidad—. Sus ojos se entrecerraron cuando me miró.

—Muy bien, discutamos esto en mi oficina.

Los hombres se retiraron a la oficina de Grange y la oscuridad que había llenado la habitación con aullidos y susurros lo siguió. Aun así, yo estaba aturdida y un poco confundida, pero me preguntaba: ¿por qué lo seguía y no se quedaba aquí para torturarme?

En cuanto se marchó, una lágrima silenciosa cayó de mis ojos, quemándome la mejilla al pasar. Quería gritar, decirle a alguien lo confundida que estaba, pero nadie lo entendería. De hecho, yo misma no lo entendía. Quizás lo había imaginado todo. Al fin y al cabo, ahora veía cosas, cosas muy aterradoras, todo el día, en todas partes.

Aquí, entre tantos desconocidos, cada vez me resultaba más difícil soportar el peso de la oscuridad que me atormentaba. Cuando me miré en el espejo, vi que tenía una arruga en medio de la frente y que necesitaba peinarme el pelo negro. Sentí un dolor en el cuello y me lo froté, pero no había nada allí. Me había mordido en ese lugar, ¿no? No lo recordaba; todo era confuso.

Se me ocurrió que podía estar completamente loca, como una esquizofrénica o algo así. Llevaba tiempo teniendo alucinaciones y era evidente que estaban empeorando. Un suave eco resonaba en mis oídos y recordé vagamente el mensaje de uno de mis sueños. Intenté profundizar en el recuerdo. Ahora lo veía más claro. Cruza la Puerta o perderás la cabeza.

Me levanté de la cama y metí la mano en el bolsillo para agarrar mi pequeño libro de los Salmos. No podía entrar en ninguna academia ficticia. Para eso necesitaba a algún chamán misterioso desaparecido. Lo único que podía hacer era luchar contra la pérdida de la cordura. Sostuve el pequeño libro en la mano y recé en silencio por mi cordura antes de unirme a los demás en la formación.

A medida que continuábamos con nuestro día, la sombra del instructor Grange se convirtió en algo fascinante. Conté nuestros pasos mientras marchábamos desde el dormitorio hasta el entrenamiento con armas de combate para mantener a raya mis pensamientos salvajes. Mientras caminábamos al unísono bajo el sol brillante, observé a su oscuro compañero doblarse y retorcerse en el suelo mientras escuchaba los susurros casi incomprensibles que emitía desde su centro.

Apartando la mirada, me concentré en la nuca de la persona que tenía delante. Uf, no había sombra. Ni siquiera un destello. Era extraño, porque imaginaba que la veía por todas partes en ese momento. Ok, me dije a mí misma, enfócate solo en esta persona. Sí, buena idea. Si podía concentrarme solo en esta persona sin sombra, tal vez tendría mi lugar seguro durante el día.

Cuando llegamos al entrenamiento con armas, me aseguré de sentarme en la mesa detrás de ella. De esta manera, podría seguir mirando la parte posterior de su cabeza si lo necesitaba. Cuando estuvimos en posición con nuestras armas frente a nosotras, volví a mirarla. No solo no tenía la Sombra, sino que ahora estaba brillando positivamente. ¡Maldita sea! ¿Y ahora qué?

Miré alrededor de la sala; muchas de las chicas estaban resplandecientes. La niebla susurrante se había calmado en mis oídos a medida que aumentaba el número de mujeres resplandecientes. Su energía se sentía positiva y ligera.

Mi corazón se calmó. Pude volver a respirar después de la descarga de adrenalina de la mañana y finalmente pude concentrarme en revisar, cargar y descargar el arma. Lo hice repetidamente hasta que sentí que la mujer a la que estaba mirando se daba la vuelta y me observaba.

—Eres rápida —dijo con un adorable acento sureño.

Le devolví la sonrisa.

—Gracias. Estoy loca por empezar a disparar.

Me mantuve cerca de ella durante toda la práctica de tiro.

—Tienes talento natural —dijo después de verme disparar con precisión las dieciséis rondas—. ¿Cómo has llegado a ser tan buena?

—Oh, probablemente hoy tuve suerte —respondí. Estuve a punto de contarle cómo lo hacía, pero pensé que eran demasiados detalles.

Conté los segundos que tardé en colocarme en posición (veinticinco), los segundos que tardé en apuntar (seis) y los segundos que tardé en apretar el gatillo (tres). Luego, los segundos que tardaba en apuntar y disparar de nuevo (seis). Hacía esto cada vez, y cada vez intentaba mejorar mi tiempo. Centrarme en el más mínimo detalle de cualquier tarea que tuviera delante era la única forma de mantener alejados los pensamientos sobre cualquier otra cosa, como las Sombras del Zodíaco.

El instructor Grange se acercó para revisar nuestros blancos. Cuando llegó al mío, frunció los labios. "No sabía que en los concursos de belleza practicaban tiro al blanco. Es bastante impresionante". Se quedó de pie junto a mí mientras yo permanecía en cuclillas, sosteniendo mi rifle. Se inclinó y me susurró al oído: «Estoy loco por ver qué más puedes hacer con un arma».

Capítulo 7

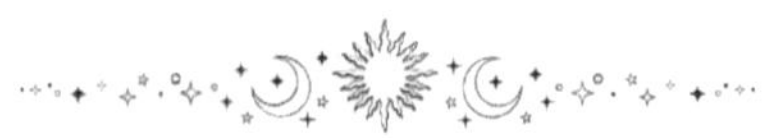

Todo mi cuerpo respondió a su voz, y hasta la más mínima atención que me prestó me inundó de deseo. Estaba completamente embelesada por él, y eso no me gustaba. Solo cuando lo miré vi la sombra que lo rodeaba y luché por reprimir un grito.

Una vez más, aparté la mirada. No quería delatar mi locura y la completa paradoja de mis emociones. La visión de esa cosa me aterrorizaba tanto como me resultaba irresistible. Como por instinto, miré a mi nueva amiga y vi el nombre escrito en su camiseta de camuflaje. Leía Cook.

El hecho de que la sombra no la rodease me dio un atisbo de esperanza de que no contaminaba cada rincón de este planeta. Sí, ella aún estaba libre de la Sombra. Ella me miró y luego bajó la vista hacia su rifle.

—¿Qué pasa, recluta? Mírame cuando te hablo —gruñó el instructor Grange.

Todos los demás reclutas vivían pegados de cada cosa que salía de sus labios y, aunque mi interior palpitaba con calor cuando se acercaba, yo le tenía un miedo mortal a su sombra.

—Sí, señor.

Lo miré de nuevo a regañadientes y me dije a mí misma que contaría los segundos hasta que se fuera.

—Sabes increíble —susurró con una voz que solo yo podía escuchar, y se humedeció los labios—. Volveré por más.

Una vez más, mi cuerpo me traicionó al quedarse flácido con su voz, y la sensación indeseada entre mis muslos aumentó.

Giró sobre sus talones y se alejó en diez segundos, ignorándome por completo mientras atormentaba a los demás reclutas. La oscura Sombra soltó el agarre alrededor de mi garganta cuando se marchó. Me había reducido a una contradicción andante de sensaciones.

—Definitivamente has llamado su atención —dijo Cook con una sonrisa juguetona—. Las otras chicas probablemente estén celosas. Yo lo estoy.

Ella lo miró fijamente, recorriendo con la mirada su cuerpo de arriba abajo mientras se alejaba.

Miré hacia el cielo azul claro y luego volví a mirar mi arma, muy confundida.

—La gente cruel tiene una oscura felicidad. Intento recordar eso cada vez que conozco a gente como él —gruñí, más para mí misma que para ella. Era obvio que ella no veía lo que yo veía.

—Oh, sí. Ese hombre es alto, moreno y salvaje, y eso me hace muy feliz. Rio.

—Sabes, me recuerdas a mi mejor amiga de mi ciudad natal. Nikki.

Hacía mucho tiempo que no pensaba en ella. La opresión volvió a mi garganta cuando los recuerdos de ella me inundaron. Entonces, la cara de titi Lily apareció en mi mente, rodeada de un brillante resplandor amarillo y naranja.

—¿Qué, está muerta? —preguntó Cook—. Deberías ver la cara que tienes.

—Oh, no. No, no está muerta—. Me sacudí y sonreí. —Es solo que hace tiempo que no hablo con ella. La echo mucho de menos.

—Entonces, deberías llamarla cuando tengamos el próximo descanso en el patio —dijo, dedicándome una rápida sonrisa.

Ojalá pudiera contarle la verdad sobre lo que vi o cómo me sentí, pero pensaría que estoy loca. Diablos, yo misma pensaba que estaba loca.

—Tienes razón. Lo haré.

Sonreí al pensar en volver a hablar con mi vieja amiga.

Al día siguiente nos ganamos un descanso en el patio y me dirigí directo a los teléfonos públicos. Llamé a Nikki. El teléfono sonó y sonó sin respuesta. Se había formado una pequeña fila detrás de mí en el teléfono público, con los otros reclutas esperando su turno. Solo había llamado una vez a mi madre desde que llegué aquí. Estaba a punto de colgar cuando al otro lado de la línea oí: "¿Hola?".

Era ella.

—Hola, chica.

—Sasha, ¿eres tú? Chica, he estado pensando mucho en ti. Hablé con tu mamá el otro día. Me contó todo lo que pasó. No puedo creer que te hayas ido y te hayas metido en el ejército. Eres tan radical. ¿Por qué no me has llamado?

Respiré hondo, sin saber muy bien cómo explicarle cómo había llegado hasta allí.

Por suerte, ella siguió hablando. "Podrías haberte mudado a Nueva York conmigo. Yo estoy bien. Supongo que mi padre tenía algunos problemas de abandono, así que me ayudó mucho. Tengo un apartamento genial, voy a la universidad, estoy intentando entrar en el mundo de la producción de vídeos y todo eso". Sonaba contenta.

Sus palabras me dolieron un poco. Mis padres nunca me habrían pagado un apartamento. En cambio, me pidieron dinero.

Consideré colgar y alejarme. No quería escuchar lo bien que le iba, porque eso solo me hacía sentir mal conmigo misma. Pero me gustaba oír su voz. La echaba de menos y no quería que dejara de hablar. No saber cuándo o si volvería a hablar con ella era suficiente para mantener el teléfono pegado a mi oído. Decidí no dar un giro negativo a la conversación. Decidí no decirle que pensaba que me estaba volviendo loca.

—Oye, ¿sigues ahí? —preguntó después de una larga pausa.

—Oh, sí, lo siento. Estoy... me alegro por ti—. Intenté sonar alegre. —Ahora estoy en el básico, debería terminar en unas seis semanas. Si aguanto tanto tiempo. Quiero convertirme en especialista SERE.

—¿Vidente? Eso suena como algo que mi madre querría hacer.

Se rio.

—Ja, no, es solo S-E-R-E: especialista en supervivencia, evasión, resistencia y escape. De todos modos, no me dirán hasta el final del entrenamiento si lo conseguiré, pero espero que sí.

—Suena genial, supongo, si te gusta todo eso. Sé que yo no tengo lo que hay que tener. Pero sé que tú sí. Eres fuerte, Sasha. Siempre lo has sido. Lo conseguirás. Seguro—. La imaginé, con los ojos intensos y una cálida sonrisa, mientras hablaba.

—Oye, ¿qué hay de esos sueños? ¿Sigues teniéndolos?

—Sí, ahora incluso más.

Mi voz temblaba.

—Oh, no. Qué mal. Bueno, ya sabes que siempre puedes llamar a mi madre. Ella te quiere y puede ayudarte a resolver esas cosas. Siempre has tenido sueños muy extraños.

La madre de Nikki era lectora del tarot, curandera y espiritualista New Age que me había enseñado a equilibrar mis chakras, centrar mi energía y meditar. Acudía a ella cada vez que necesitaba comprender alguna de las locuras metafísicas que habían aparecido en mi vida.

—Mami siempre decía que nuestros sueños son nuestros mejores maestros. Algo sobre que los sueños son nuestros instintos internos y nos enseñan a navegar por el mundo que nos rodea. Sí. Ahora lo recuerdo. Decía que los sueños nos permiten entrelazar lo visible con las partes invisibles de nosotros mismos que ocultamos o que aún no comprendemos.

—¿Estás fumando un moto? —le pregunté. Parecía estar es un viaje.

—Sí, chica —dijo con un suspiro suave y relajado.

Escuché murmullos agitados detrás de mí y me di la vuelta. La brumosa Sombra se arremolinaba ligeramente alrededor del grupo, más cerca de algunos reclutas que de otros.

—Tengo que irme, hay una fila de gente esperando para hacer llamadas—. Mantuve la espalda hacia la multitud que tenía detrás. —Pero últimamente algo ha cambiado en mis sueños—. Apreté el auricular con más fuerza con ambas manos. Cerré el cuerpo, encogí los hombros y bajé la cabeza, casi susurrando: "También veo esas sombras cuando estoy despierta".

—Ay, chica, ¿estás arrebatada ahora?

Se rio aún más fuerte.

—¿Qué tipo de drogas te están dando allí? Ja. ¿Te han dado marihuana cripto militar?

Soltó otra risita.

Me reí con ella. Al principio fue una risa breve y nerviosa. Luego me dejé llevar y me reí como si ella estuviera allí, a mi lado.

—¿Verdad? Marihuana militar—. Me reí de nuevo. —Lo que quiero decir es que aquí también hay gente sospechosa, Nikki. Es como si tuviera una nube negra siguiéndome a todas partes y no pudiera quitármela de encima.

—Quizás sí, quizás no. Pero, de nuevo, a lo mejor es algo por lo que tienes que pasar. La vida es así, ¿no? Necesitamos experimentar ciertas cosas para llegar a donde queremos. Mira todo lo que has pasado y ahora mira dónde estás. Dejaste a ese imbécil, te pusiste en forma y te alistaste en el ejército. Chica, hiciste muchas cosas para llegar adonde estás. Quizá solo tenías que pasar por todo eso—. El teléfono se quedó en silencio durante unos segundos. —Todos seguimos nuestro propio camino. No hay dos iguales.

Nunca lo había visto así. Nunca se me había ocurrido que yo misma había llegado hasta aquí. Más bien, sentía que había acabado aquí porque había corrido muy rápido durante mucho tiempo. Cada decisión que tomé fue para escapar de una situación peor que veía desarrollarse ante mí. No formaba parte de ningún plan maestro. Era solo supervivencia. Pero ella hizo que pareciera que había hecho algunas cosas bien. De repente, enderecé los hombros y me puse de pie con la cabeza alta.

—Ok, mama. Ahora tengo que irme. Esta gente se está encabronando. Gracias por la charla, amiguita. Te echo de menos.

—Yo también te echo de menos, cariño. Llámame cuando puedas.

—Lo haré.

Colgué, sonriendo como no lo había hecho en meses. ¡Diablo, cómo la extrañaba!

Me di la vuelta. Una fila de unas diez personas estaba detrás de mí, con la Sombra arremolinándose sobre ellas. No dejaría que esa cosa humeante, oscura y deprimente me abatiera. Al carajo. Decidí atravesar la niebla sin miedo alguno.

Sorprendentemente, la Sombra creó un hueco para que pudiera pasar, partiendo sus aguas por el mismo medio y dejándome pasar. No se extendió para envolverme en terror como había hecho tantas veces antes. Esto era nuevo. Y lo único nuevo en mí era que estaba feliz, mejor dicho, orgullosa, como no lo había estado en mucho tiempo.

Capítulo 8

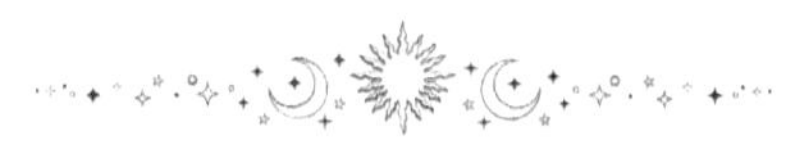

Pero ese momento positivo duró poco. Esas malditas sombras del Zodíaco nunca se detuvieron. Nunca se tomaron un día libre. Un juego del gato y el ratón se desarrollaba en mi mente, que comenzaba tan pronto como cerraba los ojos por la noche. Minutos después de acostarme en el estrecho futón militar y antes de que el sueño me cubriera, tenía que prepararme para lo que sabía que siempre vendría. Pero ahora estaba aún más decidida a recuperar el control de algún aspecto de mi mente inestable.

Todos los días de entrenamiento, nos levantábamos a las 4:00 a.m. y hacíamos ejercicio. Llevábamos mochilas de cien libras durante tres millas alrededor de la base, corríamos carreras de obstáculos, realizábamos ejercicios con armas y aprendíamos cosas como la Ley de Conflictos Armados. Esto distaba mucho de las expectativas que había creado al leer todos esos libros en la escuela y la universidad. Academias mágicas donde los protagonistas eran puestos a prueba en función de unas habilidades inventadas. Romances en los que los matones alfa, guapos y arrogantes, estaban secretamente enamorados de la heroína.

Ojalá. Esto era muy duro. Me dolía todo el cuerpo todo el tiempo y no había ningún curandero mágico esperando con una poción para aliviar todo ese dolor. Así que tenía que enfocarme en el dolor. Era tan intenso que se extendía por mis músculos y latía allí hasta el anochecer. Y al día siguiente volvía a empezar. Pero ese dolor me ayudaba a dejar de pensar tanto en la oscuridad que se apoderaba de mi alma.

Como no podía tener mis queridos libros, intentaba recordar lugares que me hacían feliz mientras me quedaba dormida, como la finca de mi titi Lily en Villalba. Traía cada pequeño detalle a mi mente para que, cuando me quedara dormida, me pudiera transportar a ese lugar casi de inmediato. Pero se me acabaron esos recuerdos; no tenía tantos. Y a veces la oscuridad seguía encontrándome.

Antes de mi fecha de alistamiento, había visto algunos programas de viajes y había intentado fijarme en los detalles de los lugares que me interesaban. Memorizaba la arquitectura, las calles y los paisajes. Incluso imaginaba los olores de esos lugares, todo con tal de escapar de las garras y los ojos demoníacos que me acechaban cada noche.

Cuando el instructor Grange apagó las luces del dormitorio, me imaginé a mí misma de pie al borde del Castillo San Felipe del Morro, donde el mar rompía como un trueno contra las murallas centenarias de la fortaleza. Las murallas se extendían hacia el Atlántico como una corona dentada, y los antiguos puestos de vigilancia, las garitas, miraban hacia las aguas oscuras como si guardaran secretos más antiguos que el tiempo. Me imaginé caminando por ese sendero de piedra, donde la brisa traía antiguos susurros de batallas, invasiones y luchadores por la libertad empeñados en reclamar su independencia. Los ecos de la rebelión aún perduraban dentro de sus muros. Una larga rampa inclinada se curvaba desde la ciudad abajo y me imaginé caminando por este sendero como si me llamara a casa. Mientras repetía estos detalles una y otra vez, el sueño se apoderó de mí.

Me encontraba sobrevolando el océano y debajo de mí se extendía la gran llanura de hierba que rodea El Morro. Sentí la necesidad de seguir volando hacia adelante, hasta superar sus murallas. Mis pies tocaron suavemente el suelo de arenisca de la Plaza de Armas, donde las batallas por la libertad nunca se olvidan, grabadas en las paredes marcadas por los cañones. Tras un breve paseo por el espacio árido, me senté en el borde de una rampa, empapándome de la inmensidad del océano Atlántico que se extendía sin fin ante mí.

El tiempo no era lineal en este estado onírico y, de repente, me encontré en el pasado, el presente y el futuro. Un escalofrío amenazador me recorrió la espalda cuando noté un movimiento en la distancia. Las nubes oscuras se acercaban.

Me había encontrado.

Mi instinto era correr, huir de nuevo, dirigirme a mi establo de cabras en Villalba, donde sabía que estaba a salvo, pero esta vez no lo hice. Habían pasado semanas desde que la Sombra me había invadido con un miedo indescriptible. Había olvidado el terror que me infundía la terrible oscuridad. En el momento en que se acercó, decidí dejar de correr. Me enfrentaría a esa cosa. No era su ratón al que perseguir.

Si pudiera reconstruir el cobertizo de cabras de Villalba y toda la fortaleza de El Morro, entonces podría reconstruir mi arma. Al instante tenía en mis manos el rifle M-16 de mi entrenamiento.

Estaba lista para lo que viniera después, y esta vez no huiría.

Primero me invadió ese sonido inquietantemente familiar, esos chillidos agudos en la distancia. El aullido grave e inhumano fue subiendo de tono a medida que la oscuridad lo consumía todo, y me vi rodeado por la niebla carbonosa, salvo por la muralla manchada de sal, que me servía de apoyo mientras la oscuridad se cerraba a mi alrededor. Me puse en posición de combate, lista para lo peor.

De repente, los susurros ensordecedores cesaron y se hizo el silencio total. No pude ver nada excepto la rugosa pared de piedra detrás de mí durante lo que me pareció una eternidad. Mi impaciencia creció y me aventuré a echar un vistazo al oscuro pasillo a mi derecha. Allí, emergiendo de la rampa inclinada, apareció el infernal TI. Se acercó a mí con toda atención y yo apunté con mi rifle como me habían enseñado. Me saludó con rigidez.

¿Qué quieres?

Miró su mano saludando con burla con sus ojos crudos y primitivos, y luego los clavó en los míos. Se encogió de hombros y se burló, como si todo esto fuera una especie de broma.

—¿Qué diablos, Sasha?—. La voz del no-instructor había adquirido un acento británico pretencioso, nada que ver con el acento sureño de su voz real. Completó el saludo marcial y relajó su postura. —¿Creías que podrías escapar de nuestro alcance al unirte al ejército? ¿Rodeada de puertas custodiadas por fuerzas de seguridad, tanques, municiones y aviones de combate? Es, francamente, decepcionante y adorable al mismo tiempo lo ingenua que sigues siendo. Y veo que ahora tienes un arma. Igual que Ares, el dios de la guerra, que lo ha preparado todo así. Adelante, date el gusto.

Abrió los brazos y se multiplicó en cien versiones de sí mismo.

Pero algo era diferente. Al mirar más de cerca los rostros, vi algunos que me resultaban familiares. Omar estaba a su derecha. Nikki a su izquierda. Mi padre. Mi hermano. Incluso mi madre. Los jueces, los policías que habían arrestado a Omar. Todos vestían el uniforme militar del instructor y tenían expresiones severas. Tenía los sentidos estaban alerta ante cada movimiento y me preparé para la batalla.

De repente, el tormento de mi hermano mayor me miró fijamente a los ojos. Me encontré de vuelta en mi casa en Miami, mi madre me dejaba de lado y lo elogiaba por otra victoria más. Otro momento de gloria. Al segundo siguiente, me encontraba de rodillas siendo arrestada por hurto en una tienda, luego por posesión de marihuana. Luego abría una caja fuerte para el mayor robo mafioso que había hecho jamás. Omar me abofeteaba después de aparecer en el club una noche después de nuestra boda. Me trataba como una propiedad, nunca como a una igual. Incluso el juez de mi divorcio estaba allí, distante e indiferente a mi destino o al de cualquier otra persona.

Al mismo tiempo que me maltrataban, yo también me alejaba, observando los acontecimientos. Veía el miedo en mis ojos, la depresión que me impedía comer lo que tenía delante. La emoción de ser aceptada en el ejército y encontrar una salida a mi vida infernal. Ahora me daba cuenta de que no era una salida. En cambio, estaba sumergida en su locura.

Mientras la multitud del instructor se alzaba ante mí, decidí que aquello era insufrible. No era una mujer débil y maltratada a la que pudieran atormentar a su antojo. Ni ahora ni nunca más.

Tomé posición, apunté y disparé contra el pecho de todos los instructores que tenía a la vista. Ilesos, solo continuaron multiplicándose con más caras. Los prisioneros y guardias de la prisión de Omar, los reclutas de mi escuadrón, los niños de mi escuela.

Todas las personas que habían influido en mi viaje estaban allí, todas ellas amenazas prestas para acabar conmigo. Se multiplicaron hasta abarrotar toda la Plaza de Armas dentro de la fortaleza.

Mis manos resbalaban por el sudor y el calor de disparar el arma y el ardor de los casquillos al salir disparados del arma. Todos mis disparos fueron en vano.

—Esto termina aquí —dije, temblando visiblemente—. Esto termina conmigo. Ahora mismo. Se acabó.

Ojalá no hubiera dicho eso. Esperaba una muerte inminente y la deseaba para mí misma si no podía matarlos a todos.

—No, querida, esto es solo el principio. Aún te quedan siglos por delante —dijo lo que fuera que había habitado la apariencia de Grange en este sueño.

—Esto es una mierda. Quiero una vida normal. ¿Qué quieres decir con siglos? ¿Me estás diciendo que me seguirás, escupiendo tu veneno oscuro sobre mí durante el resto de mi vida? ¿Poseyendo a las personas que me rodean para que se vuelvan en mi contra?—. Miré con ira a todos los rostros. —Quiero hacer lo correcto. Estoy haciendo lo correcto, ahora, por fin. Y aquí estás tú, volviéndome loca— jadeé desesperada, casi suplicando. —Te veo mientras estoy despierta... en todas partes—. Respiraba rápido, con pánico en mi voz.

—Solo ves lo que quieres ver, Sasha. Y eso es encantador—. La voz de Grange transmitía la calma de Buda. —Eres un alma obstinada, ¿verdad? Como una niña pequeña. Aún no eres capaz de ver más allá del velo y descubrir quién eres realmente. Lo que consideras normal es una ilusión. Esperaba que a estas alturas ya te hubieras dado cuenta.

Ese rostro, ya sin la oscuridad que lo envolvía, parecía inmaculado, angelical, a pesar de estar molesto. Tenía una piel suave y morena, pómulos marcados y unos ojos intensos que prácticamente brillaban con un verde vibrante.

—¿De qué estás hablando? —le pregunté boquiabierta.

—Ya te he dicho que esas sombras son tú. Contrólalas, o te destruirán. La oscuridad devorará tu mente como un parásito y no quedará nada de ti ahí dentro—. La forma sombría levantó un dedo y se tocó la sien dos veces. —Ahora, contrólate.

Inclinó la cabeza mientras me observaba.

—Dada la gravedad de la situación, he tenido que intervenir — continuó—. Tu chamán sigue desaparecido, y él es el único que puede ayudarte a cruzar la Puerta.

—Otra vez esta mierda del chamán. Ni siquiera sé quién es. ¿Cómo se supone que voy a encontrarlo? —pregunté.

Se acercó a mí mientras hablaba, sabiendo que mi arma no le haría daño.

—Muchos no querrán que tengas éxito, Estrellita. De hecho, nunca deberías haber llegado tan lejos. Si no fuera por todo el trabajo que has hecho por tu cuenta, no lo habrías conseguido. Ahora saben quién eres y seguirán persiguiéndote.

—¿Quién? ¿Quién me persigue?

El sudor goteaba de mi frente.

—Las facciones que quieren atravesar las Puertas y darse un festín con la humanidad. Los naguales son los defensores de las Puertas y se les llama los Guardianes. Y estas facciones han estado matando a los naguales antes de que se transformen. Creo que han estado tratando de impedir que te convirtieras en nagual desde tu nacimiento. Probablemente por eso tu chamán ha desaparecido. Pero sabemos que está vivo. Debes encontrarlo.

El no-instructor miró a su alrededor y me pregunté quién era realmente. Conocía mi apodo. Estaba tan desconcertada con toda esta información que no pude encontrar las palabras para preguntarle.

—Pronto despertarás —dijo con una voz tan fuerte como un trueno—. Las estrellas han hablado. Tu Contrato del Alma debe cumplirse durante el Tránsito de la Duodécima Casa, o la oscuridad te consumirá por completo. No te detengas hasta que cruces.

Con sus últimas palabras, el no-instructor se transformó en una serpiente. Di un salto hacia atrás cuando las cientos de copias suyas restantes cambiaron de forma y se convirtieron en una camada de serpientes. De repente, se deslizaron por las rampas inclinadas y los pasillos sombríos antes de desaparecer, dejándome sola en la plaza, contemplando un horizonte despejado.

Capítulo 9

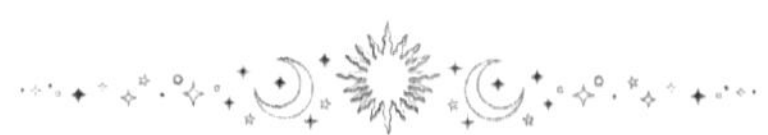

Abrí los ojos en la seguridad del catre, tumbada prácticamente en la misma posición en la que me había quedado dormida. Mi camiseta estaba empapada de sudor y sentí la necesidad de cambiarme. Era un dilema, porque cada camiseta estaba contabilizada. Aquí nos permitían tener cuatro camisetas, pero solo usábamos dos. Llevábamos una puesta y otra estaba en la lavandería, y las otras dos estaban siempre en el casillero, planchadas, dobladas y listas para la inspección. Miré mi reloj y la esfera luminosa marcaba las 3:15 a.m. El toque de diana sonaría en menos de una hora.

Las cincuenta mujeres que me rodeaban estaban completamente en silencio. Ni un ronquido ni un gruñido, pero la suavidad de sus inhalaciones y exhalaciones era reconfortante. Me quedé mirando el austero techo de paneles fluorescentes tenues e intenté dar sentido a mi sueño.

Habían pasado tantas cosas. Sentí una gran riqueza en mi pecho, porque esta vez no había intentado escapar de las Sombras del Zodíaco. Era la primera vez, desde que los sueños se habían burlado de mi vida despierta, que me enfrentaba a ese cabrón e intentaba detener el tormento. Durante todo este tiempo, esperaba que me quitara la vida e integrara mi alma con los cientos o miles que había visto en sus profundidades.

Consciente del más mínimo ruido, me quité la camiseta sin salir de debajo de las sábanas y la metí en la bolsa de la ropa sucia que colgaba al lado de la cama. El colchón crujió y me quedé paralizada.

Al sentarme, ahora sin camiseta, el aire fresco me golpeó la piel y despertó mis sentidos. Al ver que nadie se movía, salí al frío cemento con la ligereza de una nevada. Me acerqué al casillero, abrí la puerta y saqué el cuaderno y el bolígrafo. Visualicé una pluma mientras retrocedía hacia la cama y exhalé aliviada al comprobar que los muelles no volvían a crujir. Me coloqué de manera que el cuaderno pudiera captar la luz de emergencia del pasillo.

Empecé a tomar notas.

¿Qué sabía yo de las sombras? Nunca había oído hablar de nadie que viera sombras mortíferas que acecharan sus sueños y sus días. A menos que fueran psicópatas. A menos que tuvieran alucinaciones. Un nuevo escalofrío me recorrió la espalda al recordar todas las noches de insomnio atormentadas por la sombra chillona. El no-Grange había dicho que la Sombra era yo. ¿Yo? ¿Y quién era yo, después de todo? ¿Una nagual? ¿Una cambiapiel del inframundo? Qué pensamiento tan ridículo.

Había otras fuerzas en juego aquí. Mis sueños tenían un significado más profundo. Eran reales. Todo lo que estaba sucediendo era extrañamente real.

Tenía que comenzar a analizar las Sombras que veía. Los cambios en los colores. Los cambios de forma. Me propuse como proyecto secreto aprender más sobre las Sombras del Zodíaco y, de paso, aprender más sobre mí misma. Después de todo, yo era la oscuridad. Y ella era yo. Tenía la sensación de que había otros como yo allá fuera, en algún lugar.

Ahora era más fuerte. El ejército me había hecho más fuerte. Enfrentarme a la Sombra me había hecho más fuerte. Empezaba a creer en mí misma. A saber que no tenía que aceptar a hombres abusivos en mi vida. Que nadie volvería a controlarme jamás. Y que mi futuro estaba completamente en mis manos.

Después de mirar a la muerte a los ojos y escuchar su voz tan persistentemente como lo había hecho durante el último año, sabía que solo me quedaban dos caminos por recorrer. Podía sucumbir a mis mayores miedos o podía superarlos. A partir de hoy, los superaría.

Segundos después, exactamente a las 4:45 a.m., sonó la diana. Era un nuevo día.

Capítulo 10

Cuatro reclutas estábamos sentadas en silencio, como de costumbre, en nuestra mesa del comedor. No se nos permitía hablar durante las comidas en el entrenamiento básico.

Solo ves lo que quieres ver. Las palabras del sueño de la noche anterior se repetían en mi mente desde que me desperté ese día. Te quedan siglos por delante. Las sombras eres tú. ¿Qué significaba eso?

Lo más extraño era que había tenido una visión de que Omar sería arrestado antes de que sucediera. Ahora las sombras de mis sueños me hablaban directamente a través de otras personas. ¿Era así como funcionaba todo esto? ¿La oscura pared del destino me mostraba mi futuro y luego sucedía? ¿Estaba recibiendo instrucciones sobre mi vida a través de mis sueños? Si eso era cierto, ¡quizás el instructor Grange era mi chamán! Quizá eso tenía algo que ver con por qué me atraía tanto. Quizá por eso había aparecido en mi sueño y me había hablado. Tenía que saberlo.

La recluta que estaba a mi lado me dio un codazo en la mano. —Reacciona. La mesa uno está a punto de levantarse y Grange te está mirando —me susurró, mirando su plato en lugar de mirarme directamente a mí.

Miré alrededor del comedor. Este era el centro de los gritos y la disciplina para los instructores. Buscaban entre la multitud el más mínimo desliz. Un recluta que masticara demasiado. Una cantimplora colgada del lateral de la silla en lugar de colocada debajo.

El hambre y el agotamiento de los cientos de reclutas que había en esa sala propiciaban un momento ideal para cometer errores y para que los instructores se dedicaran a humillarlos. Los gritos se dirigían principalmente a todos los reclutas de la semana cero. Ahora que estábamos en la segunda semana, entendíamos lo que se esperaba de nosotros y nos adaptábamos más fácilmente. Yo, sin embargo, todavía estaba asimilando los acontecimientos de la noche anterior y estaba completamente fuera de juego.

Nos sentábamos cuatro en cada mesa en el orden en que salíamos de la fila de la cafetería, empezando por la mesa uno. Cuando la mesa de delante se levantaba, significaba que tenías que levantarte inmediatamente después, porque ellos habían terminado de comer y, por lo tanto, tú también debías hacerlo. Y era en este mismo orden en el que salíamos del comedor.

Estaba tan sumida en mis pensamientos que no había comido nada. Cogí un huevo duro y me lo metí entero en la boca. Luego cogí el panecillo y me lo comí de un solo bocado. La mesa del lado empezó a retirar sus bandejas y a levantarse. Yo todavía tenía tres bebidas electrolíticas en mi bandeja que tenía que terminar. Era obligatorio.

El taciturno instructor Grange me miró con la peligrosa precisión de un halcón, y tuve que luchar contra cada parte de mí que en realidad quería que me cazara. Podía sentir cómo buscaba cualquier oportunidad para demostrar su poder sobre mí. Por la oscuridad que lo rodeaba, me di cuenta de que estaba buscando problemas. Cuando se acercó a nosotras, todas las chicas de la mesa respondieron a su llegada arqueando la espalda.

Agarré la primera bebida y me la bebí en menos de cinco segundos. Los reclutas de la mesa uno, justo al lado de la nuestra, se levantaron. Nosotros éramos la mesa dos. Cogí la segunda bebida y me la terminé en otros diez segundos. Los reclutas de la mesa uno se levantaron de sus sillas y las empujaron debajo de la mesa. Cogí la tercera bebida y me la llevé a los labios. Las reclutas de mi mesa disimularon sus miradas ansiosas y emocionadas con seriedad mientras el instructor se colocaba justo enfrente de mí, deseando que derramara mi bebida.

Me la bebí de un trago mientras esperaban, sabiendo que esos cinco segundos extra que tardé en devorarla eran una demostración de camaradería y trabajo en equipo. Sabía muy bien que estas mujeres deberían haberse levantado en el momento en que las reclutas de la mesa uno habían empujado sus sillas. Entonces supe que, a pesar del poder que el instructor tenía sobre nuestras hormonas, estas chicas me respaldaban.

En un instante, dejé mi vaso y hice algo que nunca habría hecho ni siquiera el día anterior. Miré directamente a los ojos del instructor. Él me devolvió la mirada y la redobló con una expresión que decía que quería destruirme o devorarme, y luego giró bruscamente hacia la derecha.

Mientras colocaba mi bandeja y los platos sucios junto a los demás y salía del comedor, Grange se acercó por detrás y me dijo que me detuviera.

—Date vuelta —dijo en un tono relativamente normal. No era el grito infernal habitual que solían usar los instructores cuando los reclutas hacían algo que consideraban incorrecto.

Me di la vuelta para mirarlo. Me observó de arriba hacia abajo y luché contra mi doloroso deseo por él. Por un momento me pregunté si había tenido el mismo sueño que yo la noche anterior. ¿Era consciente de que había venido a mí y me había dado todo tipo de consejos? Sus ojos ardientes me dijeron que no. No tenía ni idea.

—Reina de Belleza, dame un pase ahora mismo.

Las palabras salieron de su boca, cargadas de sensualidad.

—Sí, señor —fue mi respuesta, pero lo que quería decir era: "Sí, ¿y puedo demostrarte lo mucho que lo siento más tarde en los dormitorios?". Pero, por supuesto, no lo hice.

Metí la mano en el bolsillo de mi pantalón y saqué uno. Esos formularios eran pequeños documentos que los instructores sacaban por motivos positivos o negativos. Una vez sacados, se colocaban en el expediente del recluta. Después de escuchar a algunos de los reclutas que llevaban más tiempo en el entrenamiento, estaba segura de que no eran gran cosa, pero no querías que te los sacaran por cosas negativas demasiado a menudo. Demasiados formularios sacados podían conducir a una expulsión.

Grange aguardaba delante de mí con sus rasgos perfectos, como los de un dios. Sentí un calor que me recorría el cuerpo al recordar el sabor de él en mi lengua. Mi mente se llenó de una visión de mí misma quitándole la camisa y bajando rápidamente por su abdomen musculoso. Me mordí el labio inferior y lo miré con ansia a los ojos.

—Esto es por haber estado jugando al lazo mientras todos los demás comían.

Su tono era todo lo contrario a una reprimenda. De hecho, parecía que estaba utilizando todo este momento como excusa para hablar conmigo más tiempo. Si esto fuera el mundo exterior, escribiría mi número en esa pequeña nota y le diría que me llamara más tarde.

Cuando le entregué la nota, sentí un impulso eléctrico en el dedo al rozar el suyo. Respiré entrecortadamente. Recordé el plan, que era encontrar a mi chamán. Cuando era pequeña, mi titi Lily me había dado una carta del tarot y me había dicho que era mi carta natal. Era «El Mago». Me dijo que El Mago era real y que era mi chamán. Se me ocurrió preguntarle a Grange si era El Mago, ya que sonaría un poco menos descabellado que preguntarle si era mi chamán.

—Señor, ¿es usted El Mago?

Él se estremeció, pero sus ojos no delataron nada.

—No soy mago, pero puedo hacer desaparecer este pequeño tres cuarenta y uno si te comportas. Puedes retirarte.

Menos mal. Grange no es mi chamán.

Salí del comedor y me encontré con un día brillante, hermoso y soleado. Para mi grata sorpresa, mis compañeras de mesa me estaban esperando. Caminamos juntas hasta la formación. Vi un resplandor brillante en todas las que nos rodeaban, y era precioso.

—Estabas perdida en el espacio, ¿sabes? —Speed se rio y me dio un ligero golpe en el hombro con el puño.

Nunca había notado su brillante sonrisa. Era una de esas chicas granjeras altas y de piernas largas con las que pensaba que no tenía nada en común. Hoy la veía de otra manera, más claramente y rodeada de un profundo resplandor magenta que me resultaba familiar.

—¿Cómo te los bebiste tan rápido? —preguntó Cook, resplandeciente en amarillo y naranja. Algo en esos colores que veía me recordaba a mi infancia.

—Bueno, he practicado mucho en juegos de beber en mi tiempo en la uni.

Una cómoda sonrisa me iluminó el rostro.

Nos reunimos con el resto de los reclutas y esperamos antes de ocupar nuestros puestos en formación. Cuando los demás terminaron de salir del comedor, todos marchamos hacia nuestras aulas. Primero fue Historia Militar, luego Organización del Mando de Combate.

—No tenían que haber hecho eso —les dije—. Pudo haber sacado todos sus pases junto con el mío—. Aunque sentía una atracción compulsiva por el instructor Grange, era muy consciente de que había reglas estrictas que todos debíamos seguir, y no quería que nadie se metiera en problemas por mi culpa. —Pero... gracias.

Desde que empecé el campamento de entrenamiento, las reclutas a mi alrededor zumbaban como abejas en una colmena. Las veía. Las oía. Pero se desvanecían en el fondo. Eran borrosas y podían picarme si las provocaba; incluso podían volverse contra mí. Se veían y no se veían al mismo tiempo.

Pero algo cambió ese día, y me di cuenta de que esas reclutas eran humanas. No eran enemigas, ni rivales, ni amenazas. Justo ahora, durante el desayuno, estaban ahí para mí. Ni siquiera me importó que me hubieran quitado el pase. Por primera vez, no estaba sola en ese lugar.

—Si me hubiera sacado el pase, habría valido la pena. Grange es un completo idiota —habló Santos por primera vez. Irradiaba un azul opalescente. Su marcado acento neoyorquino me recordaba a algunos amigos de mi ciudad natal, los que se habían mudado a Miami.

Me giré para verla bien, estudiando su energía con más detalle. Delgada y con un físico atlético, Santos tenía el pelo negro muy lacio, recogido en un moño y una envidiable piel color caramelo oscuro. Fue ella quien me empujó con el hombro después de que las hiciera esperar en la escalera con la ropa empapada de sudor.

—Sí, es el diablo —dije—. No es broma. Ese es el problema con el diablo: se esconde a plena vista.

Aunque estaba en una especie de trance extraño por Grange, sabía que era escandaloso. Estaba esa mierda que hizo con el cuchillo y cómo la niebla oscura se quedaba y aferraba a él. Era tan sospechoso como yo, y tenía que admitirlo.

—Me da escalofríos —dijo Santos, levantando y sacudiendo los hombros como si un frío le hubiera recorrido la espalda.

—Ojalá me mirara así —rio Cook mientras se derretía por él—. Ese hombre es un trago largo de té helado.

Santos apartó la mirada y yo dí un virón de ojos.

Reconocí ese gesto. Santos parecía sentirse como yo solía sentirme. Evitando. Huyendo. Y mientras hablaba de él, su color cambió de un azul brillante a un tono azul grisáceo sin vida. Mientras observaba los cambios de color justo delante de mí, me convencí de lo que había sospechado ese mismo día: ya no solo veía la Sombra. Había empezado a ver cambios de color en la gente.

Los colores se mezclaban y cambiaban alrededor de cada persona. Los estudié. Mientras que solo unos pocos cadetes e instructores a nuestro alrededor estaban casi completamente consumidos por la Sombra, había otros a los que solo les rodeaba. ¿Qué significaba eso?

Capítulo 11

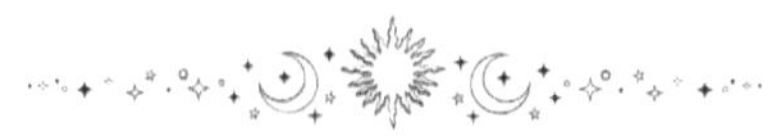

Solo había una explicación para todo esto. Debía estar viviendo en una realidad alterna a la de los demás. Y tenía que sobrevivir en esta realidad en la que parecía estar sola. Tenía que hallar la manera de hacer que todo esto fuera tolerable y de crear una vida que vivir.

Reprimí los sentimientos de autocompasión. No había tiempo para preguntarme "¿por qué me está pasando esto?" o "¿por qué no puedo ser como cualquier otro humano normal que no ve cómo las sombras desgarradoras se apoderan de la Tierra?". Solo había tiempo para averiguar qué hacer ya que estaba allí y seguir hacia adelante.

Mientras aguardábamos en un pequeño grupo en una esquina del pabellón al aire libre, tomé nota mental de que la niebla oscura no se cernía cerca de estas tres mujeres. Eran brillantes. Casi resplandecían cuando nos encontrábamos juntas.

Me pregunté cómo me sentía. A pesar de lo que sentía sobre la atención del instructor, me di cuenta de que me sentía bien hablando con estas chicas. De hecho, después de que esperaran a que terminara mis bebidas en el comedor, mientras yo, inconsciente o conscientemente, desafiaba al instructor, sentí que podía confiar en ellas. Recordando cómo se había atenuado la luz de Santos, tomé la decisión de confiar en ella.

Me acerqué a Santos y le hablé tan pronto las otras se movieron fuera del alcance del oído.

— Santos, ten cuidado con el instructor —le dije—. El otro día me acorraló. Me mintió.

Sus ojos se agrandaron. Apenas me conocía. ¿Por qué iba a creerme? En ese instante, me arrepentí de haber dicho nada.

—¿Te amenazó? ¿Cómo? —preguntó.

—Es una locura. Ayer, cuando desayunaba antes que los demás, me pilló a solas en los dormitorios. Dijo que yo tenía un cuchillo en mi equipaje y supe que lo estaba utilizando para amenazarme.

—A mí también me acorraló.

Sabía que algo le pasaba.

—¿Cómo? ¿Cuándo?

—¡Alinéense! —gritó Grange.

A medida que avanzaba el día, no tuvimos tiempo de continuar nuestra conversación. Había demasiado que hacer entre prepararnos para nuestra primera inspección, terminar nuestras clases y estar al día con los detalles de nuestro trabajo. Pero tuve mucho tiempo para observar. Observé a la Sombra y estudié sus movimientos. Vi las almas retorcidas y torturadas en su interior. No huiría de ellas. Aprendería de ellas. Sus siglos de tortura, dolor y sufrimiento eterno tendrían lecciones para mí.

Me encantaba que ahora también pudiera ver todas las luces. Los colores que brillaban en varias reclutas me hacían sentir más ligera. Me vino un recuerdo a la mente de cuando la madre de Nikki me dijo que eran auras, los colores de la energía que brotaba de nuestros siete chakras.

Las bromas eran poco frecuentes por aquí, pero cuando alguien hacía un chiste bueno, saltaban chispas entre las personas que se reían. Me preguntaba por qué había vuelto a ver las luces después de tanto. ¿Habían estado siempre allí? ¿Estaba tan consumida por mi histeria que no las había visto? ¿O había desbloqueado algún tipo de habilidad para verlas tan pronto me enfrenté a la oscuridad? En cualquier caso, el contraste entre la luz y la oscuridad era ahora aún más marcado. Me alegraba saber que había luz, porque antes solo veía oscuridad.

Esa noche, de regreso a mi cama, vi a Santos salir de la oficina de Grange, en la parte trasera del dormitorio. Tenía la cabeza gacha y los hombros encorvados. Los colores que la rodeaban eran gris pálido y negro, pero sabía que la Sombra no la tenía porque los colores no tenían profundidad, eran planos.

Caminé hacia el pasillo central para ver cómo estaba y decirle que quería terminar nuestra conversación sobre él. Casi pasó de largo, así que extendí la mano para llamar su atención, pero ella retiró el brazo antes de que pudiera tocarla. Levantó la mirada para encontrarse con la mía y parecía un pájaro enjaulado suplicando ser liberado.

Su intensidad se suavizó un poco y dijo: "No va a parar".

Echó un vistazo detrás de ella, luego se dio la vuelta y se alejó. Cuando pasó, miré su cuello. Llevaba el pelo recogido en una trenza, por lo que estaba al descubierto. Había una pequeña gota de sangre en su cuello y dos marcas oscuras en su piel natural se desvanecían ante mis ojos.

Pasé las semanas tres y cuatro sin incidentes con Grange, pero no puedo decir lo mismo de la quinta.

Mantuve la cabeza abajo y me enfoqué en aprender lo que me enseñaban mientras estudiaba la Sombra y la Luz. Había momentos en los que el viento soplaba de cierta manera e incluso los árboles brillaban con un resplandor dorado. La Luz no solo estaba en las personas. Estaba en todas partes.

La niebla oscura coexistía con el árbol que se alzaba sobre ella, mientras este se mecía con la brisa sin preocupaciones, desprendiendo tonos dorados eléctricos.

La Luz prometía equilibrio a la sombría visión del mundo que me rodeaba. Cada vez que una cadete reía, un instructor enseñaba una materia con pasión o un recluta me tendía la mano para ayudarme a superar un obstáculo en uno de nuestros ejercicios, la Sombra se calmaba y la Luz brillaba. Estudié lo que veía con el mayor detalle, contando los cambios más pequeños en los colores, tomando nota de cualquier variación.

Los tentáculos de oscuridad de Grange se arrastraban a su alrededor, como un compañero constante. Cuanto más lo observaba, más claro lo veía. Nadie más que conocí parecía tan devorado por la oscuridad como él. Claro, algunas personas aquí, tanto hombres como mujeres, tenían tonos más claros que otros, y aún más tenían tonos más oscuros, pero sus sombras no eran nada comparadas con las de Grange.

Uno de los reclutas masculinos destacaba entre los demás. Su luz cambiaba drásticamente de un color a otro en intervalos cortos. Lo cronometré una vez y su color cambió de púrpura a rojo tres veces en diez minutos. Todos los demás que observé tenían un color constante durante la mayor parte del día, solo se volvían más brillantes o más apagados dependiendo de lo que estuviéramos haciendo o de dónde estuviéramos. Pero el suyo me recordaba a una luz de advertencia lenta, que parpadeaba.

Era callado y reservado y no interactuaba mucho con la gente que lo rodeaba. Durante nuestros ejercicios, inventé excusas para acercarme a él y ver si podía entender lo que estaba viendo. Luego, durante el almuerzo, después de que nos entregaran una ración de combate (o en lenguaje militar, MRE o meals ready to eat), nuestras opciones eran comer de pie bajo el sol abrasador o sentarnos en el pavimento candente. Él decidió sentarse, así que me le uní. Su etiqueta leía Baine.

Cuando me senté a su lado, sentí una cierta energía eléctrica, como una carga estática, que emanaba de él cuanto más me acercaba. Tenía el aspecto de alguien que amaba el aire libre. Mandíbula fuerte, piel bronceada por el sol, cabello rubio arena, ojos azules, alto y musculoso. Lo identifiqué como un tipo surfista de California. Tenía que admitir que era definitivamente atractivo. Esperaba que no fuera uno de esos arrogantes que se creían tan guapos que esperaban que las chicas se derritieran por ellos. En ese momento, lo único que quería era entender lo que estaba viendo.

Capítulo 12

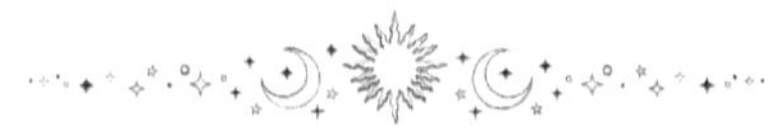

El aire entre nosotros chispeaba de energía, hasta que el ruido metálico de las bolsas marcó el regreso a la rutina.

—Genial, otra vez carne misteriosa —dije mientras abría mi bolsa de aluminio con la comida—. La favorita mía.

Él se rio.

—Sí, también es mi favorita.

Quería preguntarle en qué estaba pensando, como le pregunté a Cook, pero pensé que sería raro. Sus colores cambiaban constantemente. De púrpura a rojo. De rojo a púrpura. Comimos en silencio, llevándonos la comida a la boca sin tenedor ni cuchara, como solíamos hacer en los días de campo.

—Se ve que no aguantas las ganas del Snickers de postre —le comenté.

—No, la verdad es que no me gusta el Snickers. Si quieres, te puedo dar el mío.

Decidí que, en definitiva, tenía acento californiano.

—Oh, no, tranquilo. Con un Snickers estoy más que bien. Tengo que cuidar mi figura; estos uniformes son reveladores —bromeé, tirando de la tela de camuflaje de mi camisa.

Eran todo lo contrario a reveladores.

Él se rio, pero sus colores no cambiaron. Seguían siendo púrpuras y rojos. Pensé que si se reía, los colores se aclararían o cambiarían de tono o se equilibrarían. Pero me equivoqué.

—Bueno, hemos llegado a la quinta semana. Solo quedan dos más. Necesitaba más información.

—Sí, casi ha terminado. Me pregunto a dónde nos enviarán a todos.

Me miró directo a los ojos, con las cejas levantadas. Vi algo en ellos. Aún no sabía qué era, pero sí que había algo más allí. Había tristeza, oscuridad, como la que había visto muchas veces en los ojos verdes que me miraban desde el espejo.

—Ni idea, pero estoy lista para largarme de aquí —dije.

—Tú también lo ves.

Mi corazón dio un salto y mi pulso se aceleró. ¿Podría saber algo sobre la Sombra?

—¿Ver qué?

—Ver el final de la tortura diaria del campamento y los días de carne misteriosa.

—Oh, sí—. Solté una risita nerviosa. —Sí, claro.

—¿Qué especialidad profesional quieres elegir?

—Espero convertirme en SERE.

—Yo también. Eso es exactamente lo que he solicitado. Eres la única persona con la que he hablado aquí que sabe algo sobre esa especialidad.

—Interesante—. Me pregunté si esa mera coincidencia era lo que había captado. —Buena suerte.

—Igual a ti.

En ese momento, el instructor anunció que teníamos cinco minutos para terminar de comer y usar los baños. Aún me quedaba mucho por aprender sobre sus colores. Tendría que hablar con él más tarde para averiguarlo todo. Mi día transcurrió así, estudiando a la gente, haciendo preguntas sencillas para poner a prueba mis teorías, tomando notas y ganando confianza.

Capítulo 13

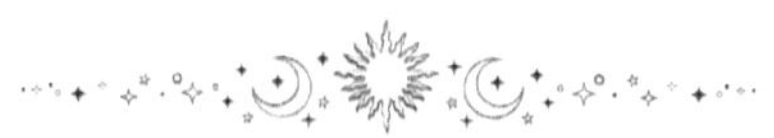

La fila se formó detrás de mí y, para mi alivio, todos reían relajados. Ninguna sombra oscura acechando sobre nosotros ni en las esquinas. Tenía tiempo.

Era mi descanso en el patio y acababa de enganchar con mi madre. Había hablado con ella cada dos semanas desde que me metí al ejército. Cuando hablábamos, nuestras llamadas eran breves y ella me hacía las mismas preguntas cada vez. ¿Cómo estaba? ¿Estaba comiendo? ¿Me graduaría? Cada vez le respondía que sí y le daba todos los detalles sobre la graduación.

Ella decía que intentaría venir, pero yo sabía que no podía permitirse el vuelo y el hotel. En todo el tiempo que llevaba aquí, nunca había pensado que estuviera orgullosa de mí. Cuando colgué el teléfono y me di la vuelta, debí estar sonriendo, porque el recluta que pasó a mi lado me dedicó una sonrisa cursi.

Todavía nos quedaban veinte minutos de descanso, así que cogí un aperitivo y un refresco de las máquinas y me senté en uno de los bancos junto a Santos. Miré al cielo crepuscular, preguntándome qué estaría haciendo mi madre ahora que mi hermano y yo estábamos fuera de casa. Mientras contemplaba el lienzo vespertino púrpura y rosa, esperaba que Dante no estuviera bebiendo demasiado y le prestara algo de atención, pero lo dudaba. Le di un mordisco a mi Snickers.

—¿De dónde eres? —me preguntó Santos, sacándome de mi cabeza.

—De Miami —respondí.

—Yo soy del Bronx.

Mientras estaba allí sentada, haciéndome preguntas, las puntas del contorno gris de su Luz —me refiero a su aura— adquirieron un tono siniestro que se deslizaba como serpientes hacia el hermoso azul cobalto que componía la mayor parte del resplandor que la rodeaba. Ahí estaba: la Sombra acechando a una persona que, por lo demás, no parecía peligrosa. Me inquietó y sentí el impulso de huir, pero sabía que no tenía por qué hacerlo. La Sombra no iba tras de mí. Pero aun así, había algo amenazador en ella.

—Escucha, sé que probablemente no quieras hablar de esto —comencé—. Pero, ¿qué pasó entre tú y el instructor? Me lo puedes contar.

Después de su reacción hacia mí en la residencia, esperaba que supiera que esta conversación se daría. Me preguntaba si me evitaría y se alejaría como había hecho en la residencia aquel día. Así que me esforcé por cambiar mi energía a blanca, porque sabía que la energía blanca sería la más acogedora.

Levantó la vista al cielo y luego miró las papitas fritas que tenía en las manos.

—Solo he estado con un chico, mi novio de mi ciudad natal desde segundo de secundaria. Hacíamos cositas, pero nunca "lo hicimos". Estábamos esperando a casarnos. Él también se metió en el ejército. Empezó el entrenamiento básico antes que yo y se gradúa esta semana. Tenemos pensado casarnos después de que ambos nos graduemos. Pero ahora, nada me parece bien—. Sacudió la cabeza y luego se llevó la mano al abdomen. —Lo que pasó con el instructor me revuelve el estómago. Ahora me siento culpable cada vez que hablo con Benny—. Tenía el ceño fruncido y los labios apretados.

Arrugué el entrecejo.

—Pero ¿qué pasó exactamente con él?

Su rostro se volvió de piedra y apartó la mirada.

—Algo de lo que no quiero hablar.

—Mira, lo entiendo. El instructor está buenísimo, ¿ok? Y yo he fantaseado con él en casi todas las posiciones y en todas las superficies. En serio, no te juzgo.

Mantuve la energía blanca que utilizaba para cubrirnos. Resistí el impulso de cambiarla a gris y negro con los pensamientos de lo que había sucedido.

Ella pareció suavizarse.

—Amo a Benny, más que a nada. Pero por alguna razón me sentí tan atraída hacia Grange en cuanto lo vi, que me olvidé por completo de mi novio. Solo podía pensar en él. Era el hombre más hermoso que había visto nunca, y mi cuerpo, simplemente... lo quería con furor. Mucho—. Sus ojos se abrieron como si toda esta idea la sorprendiera. —Así que, un día, cuando él estaba en su oficina, despidió a todos menos a mí, y te juro que fue como si algo más me controlara. Le arranqué la ropa e hice con él más de lo que sabía que podía hacer. Es tan sexy... En fin, desde entonces me siento muy culpable por traicionar a mi novio. ¡Lo amo! No quería hacerle esto a él ni a nosotros.

Me miró a los ojos, insistiendo en que la entendiera.

—¿Por qué no dices nada? —le pregunté en voz baja—. ¿Denunciarlo?

—¿Por qué no lo denuncias tú? —me escupió ella, sacudiendo la cabeza—. En un momento estaba acorralada, sola con él en su despacho, y antes de darme cuenta lo estaba montando. En cuanto terminó, me di cuenta de lo mucho que esto le haría daño a Benny. Me aparté de él y me dijo lo mismo que te dijo a ti. Pero en lugar de un cuchillo, me amenazó con cocaína. ¿Crees que quiero que me echen de aquí? Lo necesito.

—Yo también lo necesito. No tengo adónde ir si esto no funciona. Es mi última oportunidad para rehacer mi vida —dije.

Santos negó con la cabeza.

—Supongo que las dos estamos jodidas.

—¿Cómo logra salirse con la suya? —me pregunté en voz alta—. Debe haber miles de reclutas pasando por aquí. Si nos ha hecho esto a las dos, debe de habérselo hecho antes a otras.

—Porque ¿quién no lo querría?—. Se sentó más erguida, entrecerrando los ojos. —En cuanto me acerco a él, es como si no pudiera controlarme—. Se frotó el cuello.

—¿Por qué te frotas el cuello así?

—Es solo un dolorcito tonto. Me ha estado molestando desde, bueno, ya sabes.

—¿Puedo echarle un ojo?

Se acercó a mí y giró la cabeza hacia un lado. Inspeccioné la zona y vi que tenía un pequeño hematoma bajo la superficie, pero eso era todo. Recordé cómo me había presionado el cuello aquel día en que estábamos solos. El dolor de un pinchazo, seguido de un tirón a través de la piel. Lo había disfrutado bastante y, al recordarlo, sentí una oleada de fuego en mi interior.

—Me pregunto qué tiene él que lo hace tan difícil de resistir.

La parte de mí que luchaba por contener mis propios deseos hacia él quería saberlo. Esa pequeña y tranquila voz en lo más profundo de mí que sabía que él no era en absoluto como los demás hombres.

—No tengo ni puta idea.

La energía negra se adentró aún más en sus colores, y sentí que lo mismo me ocurría a mí. Lo único que pude hacer fue negar con la cabeza.

Capítulo 14

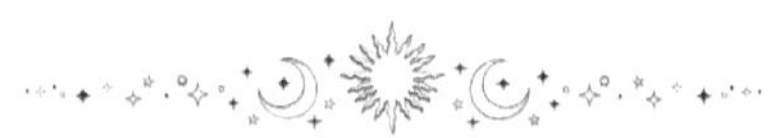

Esa noche cerré los ojos con imágenes de Villalba aún vívidas en mi mente. Necesitaba reorganizarme. El pequeño y destartalado establo para cabras al que solía escapar ahora era más grande y estaba construido con la misma madera de cedro que los bancos y las paredes de los patios de la base. Mi refugio mental ahora estaba amueblado con grandes y coloridos cojines para el suelo y una manta cómoda y suave. Largas cortinas blancas colgaban del techo y rozaban el suelo junto a las dos grandes aberturas con vistas a las montañas y al lago.

Ahora que miraba a mi alrededor, parecía haber recreado un spa que vi una vez en uno de los canales de viajes, con dos lámparas de macramé colgando del techo. Me acomodé en una de las mantas y cerré los ojos para meditar.

Tenía que tomarme un minuto para pensar qué hacer con el instructor. No quería que se saliera con la suya, fuera lo que fuera. Murmuré el mantra So Hum. Había leído algunos libros de meditación que me había dado la madre de Nikki y me habían enseñado todo sobre los mantras. Este era sencillo y fácil de recordar, así que lo usaba mucho. Solo significaba "yo soy".

En mi agradable estado mental, me concentré en lo que la madre de Nikki me había enseñado sobre cómo abrir mis chakras para asegurarme de que ninguno de los discos estuviera bloqueado. Alinear y desbloquear estos discos de energía abriría la sabiduría de cada punto de energía y, en mi caso, estaba segura de que estaba ampliando mis visiones. Después de realinearme, me concentré en el instructor.

Aún sentada en posición meditativa en mi cómoda cabaña en Villalba, recordé cómo se movía su Sombra. Se aferraba a él y se expandía desde su centro. A diferencia de las auras que veía rodear a los individuos, la suya era más bien una proyección hacia afuera. Intenté seguir el consejo de todos esos espeluznantes coaches personales y le envié deseos de paz y calma. Lo imaginé rodeado de un aura blanca, pero cuando la energía blanca intentó penetrar en la suya, rebotó, me golpeó en el pecho y me dejó sin aliento. Me ahogué con la energía blanca y la expulsé tosiendo. Vaya, ahí se acabó lo de enviarle amor a lo que fuera que él es.

Probé con los otros colores y, uno por uno, todos fueron rechazados excepto el gris. No hubo rebote, ni rechazo claro. Pero tampoco hubo aceptación. Entonces probé con el negro. Esa energía se mezcló con la suya y allí estaba yo, en su mundo interior.

Su mundo interior olía a un intenso y profundo almizcle. Las esquinas y los bordes eran completamente negros, y el centro brillaba con una luz carmesí. Me pareció oír gritos ahogados, gemidos de éxtasis y luego un profundo desgarro en algún lugar lejano. Fue entonces cuando lo vi, con el pecho desnudo y musculoso. Su torso, brazos y pecho parecían tallados en piedra, y su rostro era oscuro y tentador. Mis entrañas me traicionaron al verlo, y mi interior palpitaba de deseo.

Me encontraba en una habitación grande; me pareció que pudo haber sido su apartamento. Los muebles eran modernos y las sábanas de satín negro brillante. Tenía a una mujer en la cama que no reconocí, y ella llevaba lencería negra de encaje. Llevaba el cabello espeso, castaño claro y rizo, y se abrió camino hasta sus abdominales marcados. Otra mujer detrás de él le masajeaba los glúteos, rodeándole el pecho con sus manos perfectamente cuidadas. La mujer vestida de encaje negro lo besó con avidez, pero él se apartó. Le inclinó la cabeza hacia la izquierda y le apartó el pelo para dejarle al descubierto el cuello.

Su boca reveló dos afilados colmillos que se clavaron profundamente en la piel de ella. Él tiró y tiró de su cuello, y la sangre corrió por su hombro y la línea de su espalda hasta la cintura. Entonces, como si estuviera viendo un recuerdo diferente en otro rincón de su mente, lo vi en la residencia con una mujer vestida con uniforme militar sentada sobre su escritorio. Allí estaba él de pie, entre sus piernas, balanceándose hacia adelante y hacia atrás con los labios manchados de sangre, como si ya se hubiera saciado.

Había flashbacks de él llevando a cabo sus impulsos cuando era más joven, recreaciones perpetuas que flotaban como nubes en su mente. Sus días de escuela y universidad estaban plagados de cadáveres en descomposición. Llevaba una camiseta de fútbol y estaba de pie sobre el cuerpo ensangrentado de una mujer que yacía distorsionado en el suelo.

Me estremecí, tratando de dar sentido a lo que veía. Mi cerebro me decía que debía sentir repugnancia, pero en cambio, lo único que quería era ver más.

Intenté no llamar demasiado la atención, ya que no quería que se diera cuenta de que había una intrusa en lo que sea que fuese ese lugar. Pero, sinceramente, parecía que nunca lo sospecharía. La energía era tan tóxica como seductora. Me atraía su obsesión. No podía dejar de mirar, sus impulsos me dominaban. La excitación que sentía al mirar a los ojos desesperados de las jóvenes era ahora mi excitación. El control y el poder que sentía él al salirse con la suya y satisfacer sus deseos primitivos eran ahora mi poder y mi control. Un control que nunca había tenido y que deseaba con todas mis fuerzas. En lugar de convertirme una intrusa, me volví cómplice de esos actos perversos que él disfrutaba.

Aún con curiosidad, seguí observando, sin saber muy bien qué estaba buscando. Lo vi como un niño, tal vez de cuatro años, sucio en una casa asquerosa, llorando en el suelo mientras una mujer dormía en la cama encima de él, indiferente a sus llantos. Él jugueteaba en el suelo con un juguete y lo arrojó contra la pared. Ella se movió en la cama y, cuando lo hizo, él la agarró del brazo. Ella lo apartó de un manotazo, pero él la haló aún con más fuerza.

Se cagó encima, un líquido marrón le corría por la pierna. Lloró más fuerte. Ella se sentó y le tomó la mano.

Lo llevó a su armario oscuro y desordenado y cerró la puerta detrás de él.

—Hora de la siesta, Mikey.

La mujer volvió a la cama y se sentó en el borde. Del cajón de su mesita de noche sacó una jeringuilla y la llenó meticulosamente con un líquido de una pequeña botella blanca. Se lo inyectó entre los dedos de los pies y se recostó en la cama mientras los llantos de Mikey se volvían un suave gemido detrás de las puertas del armario.

Entonces, lo vi salir de una gasolinera con algunos comestibles en una bolsa de plástico. Estaba oscuro y se quedó mirando la larga y vacía carretera que era su camino a casa.

El susurro agudo volvió a zumbar en mi oído y supe que había alguien cerca.

Una mujer joven, más o menos de su edad, apareció en el borde de la gasolinera, acurrucada en un rincón oscuro. Su ropa estaba manchada de sangre y sus ojos tenían una mirada vacía.

—Hola, Melanie —dijo él, acercándosele—. ¿Qué pasa?

Cuando se acercó, ella le tomó el rostro entre las manos y lo miró fijamente a los ojos. Abrió la boca y dejó al descubierto dos hileras de dientes afilados, amarillos y negros, que nunca podrían haber pertenecido a un ser humano.

—No voy a sobrevivir así —susurró ella.

Miró los largos arañazos que tenía en los brazos. La familiar niebla oscura se convirtió en tornados a su alrededor y se canalizó hacia su cuerpo, luego a través de sus ojos hacia los de él. Le dio un profundo mordisco en el cuello y succionó su sangre. Una vez terminado, las rodillas de él se doblaron y cayó al suelo.

Él se llevó rápidamente la mano al cuello. Cuando la retiró, estaba pegajosa por la sangre roja que brotaba de su cuello. Se quedó mirando su sangre durante varios latidos y luego miró el cuerpo sin vida de ella en el suelo.

Caminó aturdido hacia su casa y vio a un hombre corpulento de mediana edad con una camisa de franela salir por la puerta principal y abrir la puerta de su carro. Impulsivamente, Mikey corrió hacia él con una velocidad sobrenatural y lo empujó hacia las sombras de la casa. El hombre se resistió, pero no pudo liberarse de su agarre, y Mikey le hincó los dientes en la carne.

Oí cómo se rompían los huesos del hombre. Se me hizo la boca agua cuando el sabor de la sangre se convirtió en un profundo anhelo dentro de mi propia boca.

Repetí el mantra So Hum y me distancié del horror de la escena que acababa de presenciar. Nunca había visto nada tan salvaje en mi vida. Cuestioné mi cordura, pero aparté esos pensamientos de mi mente. Tenía que aceptar que lo que había visto podía ser cierto. Que Michael Grange no era del bando humano.

Y entonces vi un destello de mí misma, otra yo, al otro lado de una habitación oscura. Era la semana cero, y estaba a punto de hacer lo que él me pedía justo antes de que aparecieran sus compañeros instructores y nos detuvieran. Pero esta vez hice lo que él quería, y a él no le importó la interrupción.

La energía que rodeaba esta imagen era diferente a la de las demás. Era difusa, borrosa y apagada. Solo podía imaginar que la difuminación significaba que esto era algo que él aún deseaba. Entonces vi a Santos allí con nosotros, vestida con su uniforme azul. Se suponía que solo debíamos llevar el uniforme azul durante la semana de graduación del entrenamiento.

Ella se sentó en la habitación con Grange y conmigo mientras yo hacía exactamente lo que él quería que hiciera. Él le indicó que se arrodillara a mi lado. La energía que me rodeaba —mi yo observador en el fondo de la habitación— pasó de ser negra a roja, y rayos de energía como relámpagos salieron disparados desde mi centro. Desde la distancia, mi yo observador gritó: "¡No!".

Todo se detuvo.

Capítulo 15

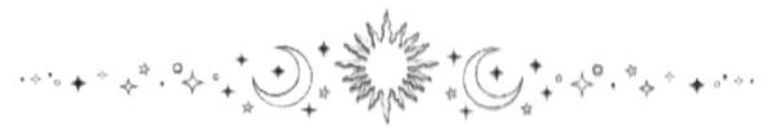

Escuché un pitido agudo y fuerte en mis oídos. Levanté las manos para amortiguar el doloroso ruido y me di cuenta de que estaban rojas como tomates. Repetí el mantra otra vez, So Hum, y volví a conectar con la energía negra de la habitación. El instructor levantó la vista justo cuando yo había vuelto a desvanecerme por completo en el fondo. Hizo una mueca, pero parecía más molesto por haber sido interrumpido que sospechoso. Después de todo, ¿quién se infiltra en los sueños?

Volvió a lo que hacía, la escena borrosa, no tan nítida como las otras. Tenía a Santos sobre su escritorio, con el cuello al descubierto, y estaba a punto de morderla. Fue entonces cuando supe que no había terminado con nosotras. Intentaría hacerlo de nuevo, a las dos.

Di un paso atrás mientras observaba, con cuidado de no apoyar el pie con demasiada fuerza y con la intención de permanecer conectada a la misma frecuencia de baja energía de Grange. Mantuve un ritmo constante y me concentré en las cosas que tenía en común con el monstruo: mis deseos de dominio y control y la idea de salirme con la mía con algo impulsivo en este estricto entorno militar. Como golpearle la cabeza.

Ahora tenía claro que en eso él y yo no éramos tan diferentes. Al centrarme en lo que teníamos en común, pude penetrar en sus pensamientos y sueños sin perturbarlos. Pero si cambiaba mi frecuencia, rechazaba sus deseos o intentaba detenerlos, me convertiría en una intrusa y quedaría al descubierto.

Al regresar al tranquilo establo para cabras convertido en spa, abrí los ojos con suavidad. Así que había cambiado una vida dominada por un traficante de drogas por otra controlada por hombres uniformados, poseídos por seres sobrenaturales, nada menos. Un ser sobrenatural capaz de seducir a las mujeres con una sola mirada.

Incluso, cuando me di cuenta de que había absorbido a ese monstruo vampiro de su amiga Melanie, tuve que luchar contra una voz salvaje en mi cabeza que me decía que no importaba lo que sea que él fuera. Mi cuerpo ansiaba su tacto y exigía que satisficiera todos mis deseos.

Mi mente evocó la imagen de aquella mujer que había estado sobre su escritorio, solo que ahora era yo. Recorrí con las palmas de las manos los profundos contornos de su pecho desnudo y sentí el calor de su cuerpo pulsando contra el mío. Busqué su mano, la que me sujetaba la cintura, y la deslicé por debajo de mi camisa para acariciar mi pecho. Sus ojos ardientes se metieron en la profundidad de mi alma, y lo único que quería era el placer que su tacto podía proporcionarme. Desvié la mirada hacia los colmillos que se escondían justo debajo de sus labios y sentí que se me hacía la boca agua con el deseo de que se hundieran en mi carne. Lo acerqué más a mí, y con mi mano libre bajé para sentir la longitud de su sexo debajo de sus pantalones. Deslicé mi mano hacia abajo para sentirlo piel contra piel.

—No —escuché decir a la parte más débil de mí dentro de esta fantasía—. Sí —respondí con un suspiro acalorado, ya no en mi establo, sino tumbada en mi catre con la mano deslizándose por mi estómago para sentir el calor que crecía entre mis muslos—. Esto es una trampa —me oí decir un poco más alto. Como si despertara de un sueño, miré a mi alrededor. Cuarenta mujeres me rodeaban, profundamente dormidas en sus catres.

¿Cómo estaba logrando esto él? Con toda probabilidad, nos había hecho algún hechizo, vudú o santería a Santos y a mí para que lo deseáramos tanto. Y, por lo que había visto en las películas de vampiros, probablemente lo había hecho para poder alimentarse de nuestra sangre y disfrutarla. Un fuego se encendió en mi pecho mientras mis entrañas se aferraban al deseo persistente. Me concentré en el ardor del fuego que se encendió en lo profundo de mi chakra raíz, y poco a poco sustituyó mi libido por furia. ¡Tenía que decirle a todo el mundo quién y qué era él!

Atacarlo, denunciarlo o rebelarme contra él durante el día eran opciones tentadoras. Pero, pensándolo bien, nadie me creería, no tenía evidencia. Era su palabra, la de un sargento con quince años de experiencia, contra la de una novata con un historial manchado. Cualquier cosa que le hiciera sresolo resultaría en que me botaran del ejército, y eso era algo que no podía permitir.

Respiré hondo y volví mentalmente al establo de las cabras. Me levanté y fui a nadar al lago detrás, tratando de aclarar mi mente y enfriar las llamas que crecían en mi interior. Mientras vadeaba en el oasis cristalino entre las montañas, me sentí un poco más tranquila, pero seguía inquieta al pensar en el instructor. Salí del agua, completamente desnuda y con pleno control de este reino escénico dentro de mí.

Aquí nunca hacía demasiado calor ni demasiado frío. No habría intrusos porque estaba diseñado con una sensación de nada. Sin apegos, sin expectativas de ningún resultado específico y sin necesidad de excluir a nadie ni de dejar entrar a nadie. Era en este estado de aceptación y falta de resistencia donde me encontraba verdaderamente protegida de la intrusión del miedo, la inseguridad y la incertidumbre. Estaba en paz.

Recordando las reglas que regían mi sereno refugio, simplemente me permití ser yo misma y me transformé en una jaguara negra. Fue entonces cuando me di cuenta de que yo también era una bestia de otro tipo. Me dijeron que era un nagual, una cambiapiel destinada a la mentoría de un chamán. Ahora les creía, y tal vez no fuera cierto en el mundo real, pero aquí, en mi mente, podía ser lo que quisiera.

Caminé con sigilo alrededor del profundo lago azul, cómoda en mi piel de jaguar y en armonía con mi entorno. Me agaché como nagual sobre una gran roca que sobresalía del lago y observé mi reflejo en el agua. Ahora había algo diferente en mi aura: era completamente roja. Lo habitual era roja con un contorno púrpura. Después de observarla durante un minuto, se volvió completamente púrpura. Igual que el recluta bronceado con el que había hablado ese mismo día.

Tenía que haber una razón para ello, pensé mientras levantaba la mirada del agua hacia el horizonte. En ese momento, proyecté la misma energía que él. Mis pensamientos se dirigieron hacia él, hacia Baine. Concentrarme en él y asociar cualquier emoción a lo que estaba experimentando bloquearía, en lugar de abrir, la alineación de nuestra conexión. Una vez más, permitiría que la conexión se me presentara en lugar de ser yo quien insistiera en ella.

Con la gracia de la jaguara, regresé al establo de las cabras. El camino desde el lago era ancho y yacía cubierto de un suave mantillo negro que amortiguaba mis pasos. Lo bordeaban rocas decorativas, orquídeas y otras flores tropicales. Se podía escuchar la suave música de los coquíes entre el follaje circundante al atardecer, mientras el cielo se pintaba de púrpura, rosa y amarillo.

Tan pronto como entré en el cobertizo, volví a mi forma humana, con mi cuerpo envuelto en un largo vestido blanco bordado que me llegaba hasta las rodillas, con un cordón en la cintura y el ruedo con volantes. Volví a mi posición meditativa en el gran cojín mandala en el centro del establo y cerré los ojos.

So Hum —repetí mientras contemplaba mi reflejo en el lago. Mi mente funcionaba mejor con hechos.

Si me concentraba en un detalle que sabía que era absolutamente cierto y no solo lo que quería creer que era cierto, se revelarían más hechos. Esta verdad tenía que cumplir ciertas reglas universales, al igual que este tranquilo puerto. Para saber que algo era cierto, tenía que haberlo presenciado con mis propios ojos. Cualquier detalle relacionado no podía ser una suposición o una sospecha, solo hechos concretos. En mis desesperados intentos por distinguir el mundo que conocía del mundo de las Sombras, esta era la única forma en que podía darle sentido a todo. Así fue como superé mis días más oscuros tras comenzar a ver la Sombra.

Capítulo 16

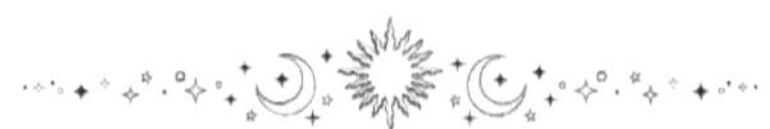

Retomé el recuerdo de mi aura brillando de rojo a púrpura, con mi rostro en el centro. Luego volvió a brillar, de púrpura a rojo, y al hacerlo, el rostro de Baine remplazó al mío. Era como mirarlo desde un lado del espejo mientras él se miraba a sí mismo al afeitarse en el baño de su dormitorio. Se secó la cara con una toalla blanca, cerró el grifo y se alejó del espejo. Al hacerlo, su imagen se desvaneció, así que moví mi energía a través del espejo, uniendo mi energía roja a la roja que lo rodeaba, tal como lo había hecho con la energía negra que rodeaba al instructor.

Si funcionó para el instructor, debería funcionar para Baine, y así fue. Me convertí en parte de su proceso y vi que todos se estaban acostando en el dormitorio masculino. Pude observarlo desde la distancia mientras me unía a la otra energía roja de la habitación. Los colores que veía alrededor de las personas también permanecían como corrientes en el entorno circundante, fluyendo entre los otros colores brillantes de auras que pareaban y evitando las sombras oscuras.

Lo que veía dependía de dónde enfocaba mi energía. Tenía ganas de saltar a otras corrientes de energía para ver cómo se sentían, pero tenía que concentrarme en Baine.

Sentí el entorno que lo rodeaba como parte de su propio campo de energía dentro del espectro rojo. Observé cómo se desplegaba la imagen borrosa y difusa mientras él retiraba las sábanas de su catre. Estaba a punto de meterse en la cama cuando el guardia del dormitorio se acercó y le dijo algo. Solo oí palabras amortiguadas, pero por la expresión de Baine me di cuenta de que lo que le habían dicho no era nada bueno.

El rostro de Baine se ensombreció, sacudió la cabeza, encogió los hombros y apretó los puños. Con la cabeza abajo, se dirigió a su casillero por sus botas. Se las puso y se ató los gabetes. Luego siguió al guardia del dormitorio hasta la oficina del instructor. Su instructor estaba sentado allí con el ceño fruncido, la cabeza ligeramente inclinada y una expresión a la que no estaba acostumbrada en estos guerreros de rostro impasible.

El instructor le pidió a Baine que se sentara y, mientras hablaba, las voces seguían siendo amortiguadas. Los colores del instructor eran verde y azul. Me concentré en esos colores y cambié los míos para que coincidieran, ¡y funcionó! Podía escucharlo con claridad.

—Creen que ella no pasará de esta noche y quieren que vuelvas a casa. Te hemos reservado un vuelo para mañana a las 06:40, por cortesía de la Cruz Roja.

El instructor de Baine se inclinó hacia delante en su silla, apoyando los codos en la mesa.

—Mira, eres uno de mis mejores cadetes. Has sobresalido en lo académico, en el entrenamiento físico y nos has demostrado a todos que eres un recluta disciplinado y brillante. Si puedes volver este viernes, ya he hablado con el comandante de la base y te permitirán reintegrarte en esta compañía y graduarte con el resto del escuadrón la semana que viene. No es así como solemos manejar este tipo de emergencias. Normalmente reciclamos a los reclutas y les hacemos empezar con el siguiente escuadrón disponible. Pero debido a tu rendimiento, podemos hacer una excepción. Si necesitas más tiempo mientras estás allí, no hay problema, pero no te graduarás con esta compañía.

Me alejé del instructor en silencio y volví a enfocarme en la energía roja que rodeaba a Baine. Quería entender lo que pasaba por su mente.

Vi destellos en su memoria, escenas de un abrazo amoroso con una mujer de hermoso y largo cabello rubio. Ella llevaba un vestido largo verde en un exuberante jardín perfectamente cuidado, con muebles de patio modernos. Había un asado en el centro de la mesa y otros miembros de la familia ocupaban las sillas.

Una pancarta cercana decía: "Buena suerte". Parecía una fiesta de despedida para Baine. Enfoqué mi atención en otro recuerdo, en el que la mujer y Baine estaban sentados en las sillas del patio jugando a las cartas. Ella podría tener entre cincuenta y sesenta y tantos años, tal vez fuera su madre. Luego, la misma mujer yacía en una cama de hospital, sola, con tubos en la boca y su hermoso cabello rubio pegado a la almohada.

Baine asintió.

—Haré lo que pueda por regresar el viernes.

—Buen plan, muchacho. Ponte tu uniforme azul —respondió el instructor.

—Sí, señor.

Una parte de mí quería quedarse y seguir escuchando, pero esto se había vuelto demasiado personal demasiado rápido, y era hora de irme. Desconecté mi energía con suavidad para no perturbar el campo energético que me rodeaba.

Fue más fácil retirarme de Baine que de Grange, tal vez porque no estaba tratando de igualar su energía roja, ya que eso me resultaba natural. No tenía que buscar cosas en común; ya estaban ahí. Teníamos las mismas ganas de salir del básico, el mismo impulso por hacer algo más grande, la misma sensación de logro por haber llegado tan lejos, y todo esto resonaba en la energía roja que intercambiábamos con libertad.

Aún en la seguridad de mi sueño lúcido, abrí los ojos donde estaba sentada en el enorme cojín del establo. Medité sobre lo que veía y por qué.

Una cosa que me llamó la atención de la visión con Baine fue que el instructor había dicho que Baine aún podía graduarse con el resto del escuadrón la semana siguiente. Su flota era nuestra flota hermana, y estábamos listos para graduarnos juntos, no la semana siguiente, sino dentro de tres semanas. ¿Significaba eso que acababa de ver el futuro? Mientras trataba de darle sentido a todo esto, recordé las visiones de Santos y mías cuando entré en la energía del instructor. ¿Eran solo fantasías eróticas o el futuro?

Esta visión que acababa de tener con Baine no era tan clara. No lo conocía y su situación personal no tenía nada que ver conmigo. Estaba aún más confundida que cuando comencé y no llegaba a ninguna parte. Cerré los ojos y dejé que mi mente se sumiera en un sueño profundo hasta el toque de diana.

Capítulo 17

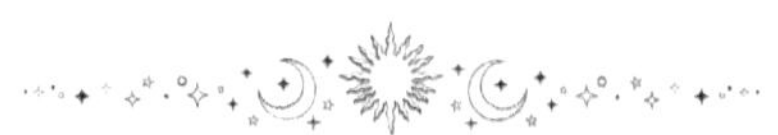

Otro día más, otro entrenamiento bajo el sol de Texas, y solo nos quedaban dos semanas para completar el básico. Los días se hacían más cortos y fríos a medida que se acercaba el invierno. Acabábamos de terminar la carrera de obstáculos de una milla y media, que ahora nos llevaba la mitad de tiempo que la primera vez. Todos habíamos mejorado físicamente, utilizando técnicas de parkour para mantener el equilibrio en las cuerdas, escalar paredes invertidas y deslizarnos por el arrastre militar.

Mientras colgaba boca abajo de las barras dobles, vi a Baine en la cuerda para trepar, el obstáculo justo después del mío. Allí estaba, colgado del primer nudo en lo alto de la cuerda, a punto de tocar el marco de madera. Tenía que alcanzarlo. La niebla oscura aún se arrastraba por las esquinas, las grietas y las sombras. La halé hacia mí, como por instinto, tal y como había hecho la criatura demoníaca vampírica en mi visión del instructor Grange. En lugar de correr, en lugar de esconderme del miedo que me daba esa oscuridad, la llamé hacia mí. Su poder me invadió, como si estuviera volviendo a casa.

Ya había alcanzado la barra superior y había colocado las rodillas en la barra inferior. Me incliné sobre la barra superior para agarrar la barra inferior con las palmas hacia afuera y giré alrededor para bajarme.

Corrí hacia la cuerda y alcancé la cima a una velocidad récord, toqué el marco de madera e intenté no deslizarme demasiado rápido para evitar quemaduras por fricción en las manos. En la parte inferior, lo busqué en el siguiente obstáculo, la pared de troncos. Ya tenía los codos apoyados en la parte superior del muro, listo para impulsarse hacia arriba. Corrí y salté como un saltamontes, llegando a la cima con ambas manos en una fácil carrera.

Me miró de reojo mientras avanzaba. Hice lo mismo con los codos y levanté las piernas por detrás. En cuestión de segundos había superado el muro y aterricé a su derecha, en la parte inferior.

Él solo me dedicó una media sonrisa.

Le hice un rápido gesto con la cabeza y ambos nos giramos hacia nuestro último obstáculo, el arrastre militar. Nos acercamos juntos a la fosa de fango rodeada de alambre de púas y, al mismo tiempo, nos tumbamos boca abajo para gatear los siguientes trescientos pies.

En esa semana de entrenamiento, habíamos aprendido que no era el momento de bajar el ritmo solo porque casi habíamos terminado y estábamos tumbados boca abajo. Al contrario, el truco era esforzarse más para terminar con fuerza.

Presionamos la parte interior de los pies contra el suelo y giramos las rodillas hacia fuera para que nuestras caderas se pegaran lo más posible al barro. Mientras nos movíamos al unísono bajo las afiladas puntas del alambre de púas, él me lanzaba una mirada de reojo y yo le devolvía una sonrisa burlona. Era una forma ridícula de conectar con un chico hermoso, pero allí estaba yo, cubierta de barro y sonrojada. Llegamos al final del obstáculo al mismo tiempo y salimos juntos del fanguero.

—Impresionante —dijo, buscando mi nombre en mi uniforme. Me limpié el barro con la manga—. Moreno.

—Sí, ha sido mi mejor tiempo hasta ahora.

Miré mi reloj, pero en realidad me estaba tomando un momento para respirar mientras me daba cuenta de lo que había logrado. La niebla oscura me había dado una especie de fuerza sobrenatural. Pero, ¿a qué precio? Todo tenía un precio.

—Vamos a almorzar. Yo invito —dijo Baine.

—Es una cita.

Nos lavamos las manos en la estación cercana y agarramos raciones de combate, Snickers y Gatorade de la mesa en la entrada del circuito. Fuimos de los primeros reclutas en completar el circuito, lo que nos dio más tiempo libre que a los demás, teniendo en cuenta que el noventa por ciento de nuestro escuadrón todavía estaba allá fuera. Había muchos troncos y bancos alineados en orden, lo que nos proporcionaba un lugar más adecuado para disfrutar de toda la buena comida que las raciones de combate no ofrecían. La comida podía ser horripilante, pero los asientos eran una mejora en comparación con el suelo.

Ahora que la carrera había terminado, observé su aura. Quería saber si volvería a brillar en rojo y luego en púrpura, y de hecho, así fue.

Confía en tus instintos, Sasha. Esto era algo que me repetía a mí misma constantemente, porque la alternativa sería creer que todo esto no era más que una gran y enrevesada ilusión, y eso no era una opción para mí en ese momento. Había llegado demasiado lejos como para dudar de mí misma. Es curioso cómo estar en presencia de este modelo de dios solar cincelado volvía a despertar mis inseguridades.

—¿Cuál será la carne misteriosa de hoy?

Cogí la bolsa de aluminio y busqué la descripción en el lateral.

—Pollo marsala.

Hizo una mueca de asco.

—Ok, así no me vas a convencer —me reí—. No sé por qué, pero ahora mismo me apetece un estofado.

—Mi madre hace un estofado que levanta muertos —dijo y sonrió, pero su sonrisa desapareció de inmediato.

—Apuesto a que mueres por tomarte unos días y volver a probarlo.

Estaba buscando algo, pero aún no sabía qué.

—Sí —dijo en voz baja.

—Por cierto, me llamo Sasha.

Le tendí la mano.

—Trent.

Sentí una descarga eléctrica en cuanto me la estreché y luché contra el impulso de retirarla. Él permaneció en silencio mientras terminaba el resto de su comida envuelta en papel. Yo me eché un poco en la boca y alcancé mi Gatorade. Di un sorbo para quitarme el malsabor que me dejó la carne procesada envasada al vacío.

Trent Baine. Lo grabé en mi memoria como si la explicación de nuestra conexión residiera en algún lugar de un nombre.

Más reclutas terminaron el curso y tomaron asiento en los troncos a nuestro alrededor. Santos estaba entre ellos; me miró y me guiñó el ojo cuando me vio charlando con el Sr. Dios del Sol. Le devolví el guiño y me pregunté si conseguiría que Baine me contara más sobre su madre sin parecer insistente o más-que-jode.

—Bueno, mi madre nunca ha hecho un estofado, pero la carne asada le queda como para levantar muertos.

Me lamí los labios al pensarlo.

—Suena bien. Creo que nunca he probado la carne asada.

Sonreí ante la graciosa forma en que pronunció esas dos palabras en español. No me devolvió la sonrisa. Lo estaba perdiendo. Me concentré en su aura roja y expandí la mía para fusionarlas. Quería que sintiera que podía confiar en mí.

—Lo siento, es solo que... mi mamá está luchando contra el cáncer —dijo—. Lleva años haciéndolo. Casi no me meto en el ejército por no querer perderme ningún momento con ella, pero aquí estoy.

Estaba anonadada con mi nueva habilidad, si es que se podía llamar así. O sea, ¿me estaba contando esto porque acababa de unir mi energía con la suya, o se estaba abriendo a mí de forma natural?

—Lo entiendo perfectamente —suspiré, recordando todas esas visiones que había tenido recientemente. La madre moribunda de Baine, Grange y su festival de orgías...—. Yo también he estado luchando con lo mío.

—¿A qué te refieres?

No podía creer que acabara de decir eso. Debía de estar demasiado absorta en su energía. Me sentía segura, como si pudiera contarle cosas. Pero era imposible que le contara esa locura que estaba pasando con el instructor... ¿o sí?

Capítulo 18

Relajé mi energía de la suya, sin querer exponerlo a la corrupción que sabía que existía dentro de mí.

Me invadió la culpa. Probablemente pensaría que yo misma me había buscado todo esto. Sin duda, él no creería que el instructor fuese un monstruo de los de verdad.

Justo cuando intentaba recomponerme, volví a mirarlo a los ojos. Parecía una combinación de un reconfortante amanecer con el aroma de muffins recién sacados del horno. Baine tenía un aire atractivo y accesible, todo al mismo tiempo. Cedí.

—Bueno, hay un instructor que nos tiene manía a mí y a algunas de las otras reclutas del dormitorio femenino. No sé cómo explicarlo, pero se mete en nuestras cabezas. Nos amenaza con colocar cosas como cocaína y cuchillos en nuestras pertenencias.

Omití la parte en la que todas las chicas del dormitorio estaban hipnotizadas por él.

Como nuestras energías aún estaban parcialmente entrelazadas, sentí una onda de choque negra de rechazo que brotaba de su centro. Lentamente transformé mi energía en blanca para contrarrestar la confusión interna que lo invadía y, para mi sorpresa, él recibió la energía blanca y se dejó envolver por ella. Su rostro pasó de tener el ceño fruncido a una frente relajada. Levantó la mano sobre la boca, mirándome.

—Wow. ¡Qué intenso! Lamento que tengas que lidiar con un pendejo como ese —dijo, sacudiendo la cabeza—. Yo tengo una instructora que es extremadamente bicha. Todos pensamos que sobrecompensa por ser mujer. Nos hace la vida imposible. Pero el instructor es cool.

—Gracias. Ojalá hubiera alguna forma de detenerlo —dije—. Alguna forma de pillarlo de una vez por todas. Pensé que si tuviera una cámara de vídeo o una grabadora, podríamos grabarlo mientras nos dice todas esas asquerosidades. Sabemos que los otros instructores no nos creerán. Es que no sé qué más hacer.

—Sí, aquí no hay forma de conseguir nada de eso —pronunció, dando un gran mordisco a su barra de Snickers.

—¿Así que te gusta el Snickers? —le pregunté mientras un trozo de caramelo se le quedaba pegado en el labio. Se lo lamió antes de que pudiera decir nada.

—Oh—. Rio y miró la barra que tenía en la mano. —Me encanta. Es que parecía que ese día te apetecía mucho otro.

Vernos así, a los dos cubiertos por un manto blanco, me ayudó a comprender mejor el carácter de Baine. Tenía que poseer energía blanca para fusionarse con la mía. Lo único que yo hacía era potenciar lo que ya era inherente en él. Eso era fascinante y tranquilizador a la vez, sobre todo cuando hablábamos de un posible vampiro que se aprovechaba de la lujuria de mis compañeras de residencia.

—¡Cinco minutos! —escuchamos gritar a un instructor en la distancia.

—Mira, no dejes que ese instructor se salga con la suya —sentenció, poniéndose de pie—. No hagas nada de lo que te diga y, si es necesario, dale una patada en los güevos.

—Lo haré —dije.

Por primera vez, no me sentí tan sola en toda mi confusión.

Marchamos en formación con los uniformes sudados y cubiertos de barro. Intenté concentrarme en los logros del día y en la cuenta regresiva para la graduación, pero mi mente volvió a Baine. ¿Cuándo volvería a verlo? ¿Recibiría la noticia sobre su madre esta noche o mañana?

Pensé que tenía que ser esta noche porque era lunes. Eso le daría el martes, el miércoles y parte del jueves en casa antes de regresar a la base el viernes, como había dicho el instructor en mi meditación. Esto suponía que mis visiones eran reales. Pero aún podría suceder al día siguiente por la noche, y él tendría día y medio en casa. Como eso sería demasiada coincidencia, tenía mucha curiosidad por saber si mi habilidad era válida.

El instructor Grange gritó la cadencia, devolviéndome al presente.

—¡Izquierda! ¡Derecha! ¡Izquierda! ¡Derecha…!

Escuchar su voz me recordó su papel en todo esto. Recé en silencio porque nos dejara en paz para siempre. Pero sabía que eso era poco probable. Si mi visión se manifestaba, esperaba que todo esto aconteciera después de que Baine regresara de visitar a su madre. Y mientras rezaba, pensé: "Por favor, Baine, tráeme algo con que grabar".

Después de un día tan intenso en la pista de obstáculos, me quedé dormida en mi catre tan pronto me tiré a la cama. Intenté transportarme al establo y meditar para entrar en el campo energético de Baine, pero mi cuerpo y mi mente no me lo permitieron. La mañana siguiente desperté con los músculos adoloridos por el esfuerzo del día anterior. A pesar de estar agotada, lo primero que hice al entrar en formación fue buscar a Baine.

Como todos llevaban uniforme, tuve que buscar sutiles diferencias en la altura, el peso, el color del pelo y la piel y la forma de la cabeza. Es increíble lo rápido que la mente humana puede adaptarse y detectar hasta los más mínimos detalles.

Marchamos desde los dormitorios hasta el comedor, y aún no había visto a Baine. En formación, no podíamos girar la cabeza y mirar a nuestro alrededor libremente como lo haría un civil, así que, impaciente, intenté sentir su energía. Llegamos al comedor y nos pusimos en fila para adquirir nuestras bandejas. No pude encontrarlo con ninguno de mis sentidos.

—Aquí no hay mesero, reina de belleza —dijo el instructor detrás de mí. El calor de su aliento en mi nuca provocó una serie de cálidos estremecimientos en mi cuerpo—. ¿Buscas a alguien?

Mierda. Me quedé paralizada, sin ganas de empezar hoy la batalla entre mi cuerpo y mi mente. Se me calentaron las manos aún más y botaron chispas bajo mi bandeja. ¿Por qué todo este calor en mis manos?

—Tranquila. Ve a desayunar —dijo, alejándose de mí. Alguien más llamó su atención al otro lado del pasillo y decidió ir a atormentarlo en mi lugar.

El día continuó así. Busqué a Baine y no lo encontré. En el entrenamiento con armas, vi al guardia del dormitorio que había hablado con Baine en mi visión.

Había un espacio libre en la mesa junto a él, así que llevé mi arma allí para inspeccionarla y montarla antes de la práctica de calificación.

—Hola —dije mientras dejaba mis cosas.

Me miró sin comprender. Claro, era la primera vez que le hablaba en las seis semanas que llevábamos allí.

—Eh, hola.

No estaba segura de cómo conseguir que me dijera algo, así que pensé que no estaría mal preguntarle directamente.

—No he visto a Baine hoy. ¿Pasa algo?

Parpadeó varias veces y volvió a bajar la mirada hacia su rifle.

—Está bregando con un asunto personal —gruñó entre dientes.

Tuve la sensación de que intentaba ignorarme.

—¿Es su mamá? ¿Está bien? —pregunté.

Entonces miró en mi dirección, relajó los hombros y finalmente clavó sus ojos en los míos.

—Ah, sí, te ha hablado de ella. Puede que no pase de esta noche. Regresó a casa a visitarla.

Recuperé el aliento y exhalé.

—Pero dijo que podría volver y graduarse con nosotros si regresa antes del viernes.

—Hoy será un día difícil para él —dije. Parecía querer mucho a su madre.

Me quedé paralizada. Apreté con fuerza el rifle que sostenía y olvidé qué hacer después. Había desmontado y vuelto a montar mi arma una docena de veces. Hoy tocaba la prueba de aptitud con estas armas y mi mente estaba completamente en blanco.

Debí de asustar al guardia del dormitorio, porque me dijo: "Mira, ¿todo bien?"

—Ah, sí. Gracias, sí. Estoy bien. Estoy bien.

Me había dado cuenta de que todo esto era real. Tenía la capacidad de ver cosas más allá de mí misma. De predecir el futuro. Y ya no era una especulación; era un hecho absoluto que acababa de demostrarme a mí misma. No era como cuando la madre de Nikki dijo que tenía "precognición" después de que le contara mis sueños. En aquel entonces no había evidencia suficiente. Pero ahora sabía que tenía razón.

Necesitaba algo de Baine. Necesitaba que me trajera esa grabadora. Regresaría a mi establo y meditaría hasta el cansancio hasta lograr contacto. Tenía que acabar con el instructor Grange.

El proceso mecánico de volver a montar mi arma regresó a mi mente y estaba lista para clasificarme.

Capítulo 19

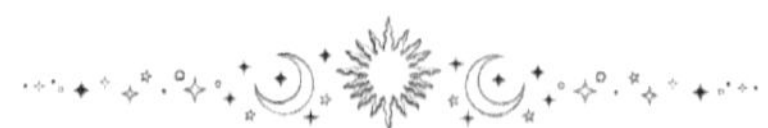

Esa noche, mientras nos preparábamos para dormir, el ambiente en el dormitorio era de celebración. El escuadrón entero había obtenido la calificación en nuestras armas y aprobado con éxito nuestros exámenes académicos, superando a todos los demás escuadrones de la sexta semana. Según nuestro instructor, habíamos logrado un "rendimiento ejemplar". Pensé en Trent y deseé que tuviera la oportunidad de obtener la calificación en su arma tan pronto como regresara.

Se suponía que las luces se apagaran a las 21:00, pero parecía que nos estaban dando tiempo extra para charlar y disfrutar nuestros logros. A diferencia de los demás, yo resentía ese tiempo extra porque quería irme a mi establo. Algunos de los otros reclutas intentaron hablar conmigo, pero los ignoré, ya que no estaba de humor para toda esa celebración. Tenía un plan y estaba lista para ejecutarlo. Veinte largos minutos después, por fin se apagaron las luces y yo ya estaba acomodada en mi catre, esperando a que terminara el ajetreo para poder entrar en modo zen.

No funcionaba. Pasaron diez minutos y no conseguía encontrarme en el establo. Me di cuenta de que tenía los hombros tensos y la cara contraída, como si acabara de comer un limón. Seguía molesta por el tiempo extra que nos habían dado, así que tardaba aún más en acomodarme. Tenía que recordar las reglas que regían el campo energético de mis visiones. No podía sentirme molesta ni feliz. Ni frustrada ni apegada a descubrir nada sobre Trent.

Podría tener la intención de alcanzar un objetivo determinado, pero sin esperar que realmente se cumpliera. Al saber que mis premoniciones eran reales, al sentirme frustrada, me había creado una gran expectativa de que aprendería algo importante al adentrarme en mi reino esa noche. Todo este exceso de pensamiento me estaba llevando al fracaso.

Vamos de nuevo.

Respiré profundo tres veces y examiné mi cuerpo de arriba abajo, tal como me había enseñado la Sra. Gabriel. Reconocí todas las sensaciones y la ausencia de estas. Agradecí a mi cuerpo todo lo que había hecho por mí. Podía ver los pensamientos pasar por mi mente.

Estaba el pensamiento preocupante sobre lo que estaba haciendo Trent y la incertidumbre de si me ayudaría. El pensamiento sobre el instructor y si volvería a intentar algo conmigo. Luego, sobre mi familia y si mi madre estaría orgullosa cuando me graduara. Tenía tantas expectativas y preocupaciones.

Ok, Sasha, es hora de separarte de estos pensamientos para que puedas entrar en la sala VIP de tu mente. Uno por uno, visualicé una cuerda que conectaba cada pensamiento conmigo. Agarré unas tijeras enormes y las usé para cortar cada cuerda. Al cortar el primer pensamiento, este se escabulló como un hurón corriendo hacia un arbusto. Corté el segundo pensamiento y este se alejó flotando como un globo hacia el cielo. Y así fueron desapareciendo todos, mientras yo cortaba las cuerdas y los pensamientos se desvanecían —puf— en el abismo de donde habían llegado. Mi mente estaba ahora despejada y la sala VIP me esperaba.

Abrí los ojos dentro de mi sueño lúcido y vi las tranquilas cortinas blancas del establo meciéndose con suavidad en la brisa tropical. So Hum... Allí estaba yo, contemplando otra tarde con nubes pintadas de dorado, rosa y púrpura sobre la verde cordillera que se extendía ante mí. Las palmeras se balanceaban en la distancia y los siempre presentes coquíes cantaban por todas partes.

Era fácil simplemente sentarme allí y olvidar por qué había venido. Durante un rato, me limité a contemplarlo todo sentada. Si esto era todo lo que había, sería suficiente. Entonces, después de unos minutos, escuché una tos ahogada y recordé que no estaba allí, dentro del establo. Estaba en un estado meditativo dentro de un sueño y tenía algo que hacer.

Invoqué a mi mente imágenes de Baine, pero no pasó nada. No podía ver nada. Entonces recordé las imágenes que había visto de él con su madre en su patio. Le di un poco más de tiempo, pero tampoco funcionó. Decidí volver sobre mis pasos de la noche en que realmente lo había logrado.

Me sumergí en el tranquilo lago y nadé un rato, trabajando en el desapego de los pensamientos para no apresurar el proceso y, en cambio, permitir que los pensamientos fluyeran libres. Salí del agua fría y pisé el suelo cubierto de helechos, me incliné sobre el agua y observé mi reflejo.

Apoyé mis grandes patas negras firmemente en la orilla. Allí estaba yo, con gotas de agua goteando de mi brillante pelaje negro que cubría cada centímetro de mi cuerpo, rodeada por un aura roja que se transformaba en púrpura. Mis ojos verdes brillaban ahora en el rostro de un jaguar negro. El nagual. Maldición, ojalá pudiera transformarme así en la vida real. Me concentré en una imagen mental de Baine y, en el momento en que mi energía se transformó en púrpura, vi su reflejo en el lago.

Estaba sentado junto a la cama de su madre, sosteniendo su mano. Su rostro estaba pálido y arrugado, más allá de su edad. Tenía la mitad de la cabeza rapada y había puntos de sutura en un lado. Unos tubos de plástico transparente la mantenían con vida en lo que seguramente eran sus últimos minutos. No había distorsión ni borrosidad en la imagen, como había visto en la premonición de la otra noche. Esto estaba sucediendo al momento o ya había sucedido. Qué difícil debía de ser para Baine no poder estar allí con ella.

Ahora que sabía que mi visión sobre la madre de Baine era cierta, podía esperar que lo que había sucedido con ese vampiro idiota del instructor también se manifestara. Lo sentía por Baine, de verdad, pero tenía un propósito aquí, y era asegurarme de que me trajera una grabadora. Busqué en su campo de energía, tratando de no causar disturbios, pero era un desastre. Mucha tristeza, dolor y frustración. Estaba enfadado consigo mismo. Era difícil filtrar esas emociones tan fuertes y encontrar algo que no tuviera que ver con su madre. Debieron haber sido muy unidos.

Volví a sentir tensión en mi cuerpo y tuve que relajarme de manera consciente. Sin apegos, me recordé a mí misma. Mientras él yacía allí sentado, con los ojos llenos de lágrimas y conteniendo un llanto desconsolado, supe lo que tenía que hacer. Cambié mi energía a blanca y penetré en la suya.

Era fácil envolverla; su aura había desaparecido casi por completo. Solo un tenue destello plateado brillaba en su piel. Un aura normal rodeaba a una persona hasta unos quince centímetros. Tan pronto como el blanco se fusionó con su plateado, su rostro se suavizó y las comisuras de su boca se curvaron ligeramente hacia arriba. Sabía que yo estaba allí.

Por otro lado, el aura de Baine brillaba con un intenso rojo y negro. Del centro salían destellos rojos como rayos. Su dolor estaba lleno de ira, y era tan fuerte que rechazó la energía blanca al instante. Ok, tendré que dejarlo quieto.

Tenía derecho a estar enfadado. Era como un huracán dentro de su campo energético. Intenté buscar imágenes borrosas, como las que sospechaba que revelaban el futuro, pero no pude ver nada excepto la rabia.

Volví a centrar mi energía en su madre. La vibración de su energía se hizo más fuerte cuando regresé, y me pregunté cómo le haría saber quién era yo y qué hacía allí. Ahora estaba de pie, con un vestido largo blanco y el pelo suelto, como si acabara de salir de la peluquería.

—Entonces, ¿conoces a Trent del básico? —preguntó.

¿Ahora estaba viendo espíritus?

—Sí... ¿Cómo lo sabe?

—Puedo verlo. Puedo ver muchas cosas que nunca antes había visto —respondió con una sonrisa serena; sus ojos brillaban con una sabiduría tranquila—. ¿Cómo te llamas?

—Me llamo Sasha —dije, sintiéndome un poco grosera por no haberme presentado antes—. ¿Está usted... perdone, pero... está muerta?

—No, querida, pero mi hora ya se acerca. Estoy preparada —dijo. Su energía se extendió hacia la mía, conectando con ella como una manta eléctrica. Su calor me rodeó.

—Sé que esto puede sonar extraño, pero vine aquí para pedirle a Trent que llevara una grabadora de regreso al básico. No sabía que terminaría aquí, en esta habitación de hospital con usted. Discúlpeme la intrusión, de verdad —murmuré, desviando la mirada hacia el suelo.

—Bueno, entonces no te sorprenderá cuando te diga que puedo verlo. De la misma manera que tú ves las cosas.

Abrí mucho los ojos y una pequeña sonrisa de esperanza se dibujó en mis labios.

—¡Así que usted también ve cosas! Al fin no estoy sola en todo esto. ¿Cómo funciona? ¿Podría ayudarme a entenderlo?

—No sé más que tú, querida —contestó, volviendo la vista hacia Trent. Su atención ahora se centraba en él. Quería regresar a él. Lo sentí.

Bajé la mirada, jugueteando con las manos. Ellos dos necesitaban estar a solas.

—Puede que no entienda lo que está pasando, pero sí sé que quiero que él regrese y termine su entrenamiento. No creo que lo haga a menos que tenga una buena razón. Así que le diré que te ayude.

—¿Que me ayude? No, en serio, está bien... —respondí, pero en mi interior la duda me desgarraba. Si insistía en detenerla, ¿le estaba negando su último deseo? Y si me callaba, ¿estaba imponiéndome? No sabía qué era lo correcto—.

—No estoy segura de cómo me siento con esto —susurré por lo bajo. ¿Qué estaba ocurriendo en este plano espiritual?

Antes de que pudiera añadir algo más, los colores que contenían su energía se disiparon hasta desvanecerse en la nada. En la cama, giró la cabeza hacia Trent y abrió los ojos con lentitud.

Cuando Trent notó que estaba despierta, sus ojos se suavizaron, su expresión se iluminó y las ráfagas de ira dejaron de brotar de su interior.

—Hola, mamá.

—Hola, osito —respondió ella con voz ronca y débil.

Agarró un vaso de agua de la mesa y le acercó el sorbeto a la boca para que pudiera beber.

—Cariño, estoy bien. No deberías estar aquí. Tienes que terminar tu básico.

Ella buscó en su rostro una señal de asentimiento.

—Mamá, ahora tengo que estar aquí —dijo con un suspiro de derrota.

—No. No, no lo necesitas. Pase lo que pase, te subirás a ese avión y te graduarás, ¿de acuerdo? Es mi deseo.

Frunció el ceño en señal de rebeldía, pero asintió lentamente y colocó su otra mano sobre la de ella.

—Mira, no sé cómo decírtelo, así que voy a ser directa —sentenció ella, haciendo una pausa para toser—. Tienes una amiga en el básico, creo que se llama Sasha, y necesita tu ayuda, ¿ok? Necesita que le lleves una grabadora.

Le apretó la mano con fuerza.

—¿De qué demonios estás hablando? ¿Cómo es posible que sepas eso? —preguntó él, soltándole las manos.

—Cariño, es difícil de explicar. No sé cómo funciona esto—. Cerró los ojos e inclinó la cabeza hacia atrás con una mueca de dolor. —Lo único que sé es que tienes que ayudarla. Es muy importante.

—Apenas la conozco y podría meterme en tremendo lío. ¿Qué? ¿Te llamó o algo? Esto es una locura —dijo él, levantándose y paseándose por la habitación.

—No es una locura. ¿Te acuerdas de tu titi abuela May? ¿Cómo solía leer las cartas del tarot y acertaba siempre? ¿Y cómo podía hablar con tu tío Stevie, que había fallecido? Esta chica puede hacer cosas así. Sabe que estás aquí y ha venido a pedirme tu ayuda. Por cierto, se encuentra aquí ahora mismo.

El rostro de Blaine quedó petrificado. Abrió los labios y abrió mucho los ojos.

—¿Cómo que está aquí ahora?

Miró a su alrededor.

—Su energía viajó hasta aquí.

Su voz era suave y tensa.

Me sentí completamente desnuda y expuesta al ver cómo se desarrollaba esta conversación. Hacía dos días estaba loca y ahora ¿era una vidente que viajaba con energía? Probablemente Baine me odiaría ahora por entrometerme con su madre. Sin duda estaba loca por pensar que él me ayudaría; yo no era nadie para él.

—Es increíble, mamá —soltó de repente, como si acabara de darse cuenta—. El otro día le ganó a todos los chicos en la carrera de obstáculos; ninguno de nosotros podía creerlo. Me alcanzó desde muy atrás. Es como GI Jane con pelo. Te encantaría.

No tenía ni idea de que me hubiera notado.

—Oh, ella me cae muy bien, Osito.

Su voz comenzó a desvanecerse.

La sonrisa de Baine se transformó en una mirada intensa mientras se sentaba de nuevo en la silla y tomaba la mano de su madre una vez más. La estudió, la memorizó, giró su mano entre las suyas y le acarició con suavidad el dorso.

—Si quieres que la ayude, te seguiré el juego. A mí me parece una locura, pero recuerdo aquella vez que la titi May le preguntó al tío Stevie cómo reiniciar el sistema de riego y la vi hacerlo paso a paso—. Rio. —Por muy mala que fuera para todo lo mecánico, sabía que la titi May no bromeaba—. Hizo una pausa y luego dijo: "Ok, Sasha, si estás escuchando" —miró alrededor de la habitación— "mañana regreso a la base y traeré la grabadora. Nuestra palabra clave es Osito. Llámame así cuando me veas y sabré que todo esto es real".

Capítulo 20

La imagen de Baine junto a su madre permaneció conmigo más tiempo del que quise admitir, incluso cuando la vida en la base siguió su curso.

—¿Se creen que están listos para la graduación la semana que viene? —gritó el instructor Grange mientras nos alineábamos en formación el martes de la séptima semana.

El calor del sol me acariciaba la espalda y el aire estaba fresco tras la lluvia de la mañana. Mientras nos preparábamos para dirigirnos al entrenamiento de combate, vi la familiar energía roja flotando alrededor de Baine, unas filas más arriba de donde yo estaba.

—¡Sí, señor! —gritamos al unísono.

—Hoy nos dirigimos al entrenamiento de armas de combate. Todos los reclutas participarán en un combate cuerpo a cuerpo con palos púgiles. Aquí es donde podré ver si están listos para el campo de batalla. Espero que todos mantengan su posición. Ahora, ¿dónde están mis guardias de carretera?

Fui la primera de los cuatro en correr hacia adelante y ponerme en fila, en posición de firme, directamente delante del instructor. Los guardias de carretera tenían la tarea de detener el tráfico mientras la formación marchaba hacia su destino. Me encantaba la emoción de romper las filas de reclutas, todos alineados de forma ordenada y pulcra. También quería hacer un buen calentamiento antes de entrar en combate. Por el rabillo del ojo, vi a Baine de pie justo a mi derecha. Dos guardias de carretera se colocarían en la parte trasera de la formación y los otros dos se encargarían de la parte delantera. Me dio alivio que fuéramos él y yo los dos de atrás.

—¡Atención! —escuchamos ladrar al instructor. Todos nos pusimos firmes.

Durante los últimos días, había estudiado en profundidad la sombra del instructor, recopilando toda la información que pudiera de los movimientos dentro de la niebla. Intenté penetrar en la sombra durante el día volviendo mi propia aura negra con los pensamientos más oscuros, los de mi tristeza y desesperación tras el arresto de Omar.

Todo esto requería demasiada concentración y, cada vez que lo intentaba, me interrumpían. También existía el riesgo de que mi práctica fuera descubierta. Simplemente no había momentos durante el día en los que pudiera sentarme y meditar sola. Siempre había algún lugar al que ir, algún entrenamiento que hacer y gente alrededor. Últimamente, el instructor estaba más pendiente de lo habitual, buscando la oportunidad adecuada para estar a solas conmigo. Cada vez que se acercaba a mí, mi cuerpo reaccionaba de una forma que no podía controlar. El calor húmedo y mojado crecía entre mis muslos, suplicando su tacto.

—¡A la derecha!

La formación giró bruscamente a la derecha, y Baine y yo tomamos nuestras posiciones como guardias traseros de la carretera. El instructor gritó la cadencia y se movió al frente de la formación.

—Bienvenido de vuelta —susurré tan pronto el instructor estuvo fuera del alcance del oído.

Estábamos a varios metros de la parte trasera de la formación y lo suficientemente lejos de los demás reclutas como para que no nos oyeran. Quería desesperadamente decir: "Bienvenido de nuevo, Osito", pero no me salían las palabras.

¿Y si decía "Osito" y él no sabía de qué hablaba? ¿Pensaría que estaba loca? Ojalá no tuviera que involucrarlo en todo esto, pero realmente necesitaba su ayuda.

—Gracias —susurró.

Incluso sentía que el instructor me miraba desde el otro lado de nuestra formación. Su mirada era intensa y exigente, y buena parte de mí lo deseaba. Mi cuerpo ansiaba su atención. Me di cuenta de que, con los días del básico llegando a su fin, tenía que estar preparada. Le quedaba poco tiempo para dar el paso. Me sorprendía que aún no lo hubiera intentado.

Seguimos marchando así, bloqueando el tráfico cuando fuera necesario, mientras nos dirigíamos al campo de entrenamiento. Quise soltar "Osito" unas cinco veces, pero cada vez que lo intentaba, se me cerraba la garganta como si tuviera piedras dentro.

Cuando llegamos al entrenamiento de combate, Baine se giró y me miró directamente a los ojos antes de entrar en el edificio. Sus ojos eran de un azul líquido con motas verdes en el centro, y me miró con una mirada salvaje, como un animal indómito que sabía que no había salida. Pequeñas descargas de furia brotaban de su interior, y me di cuenta de que todavía le dolía haber tenido que dejar a su madre.

En el entrenamiento de combate, me emparejaron con Speed. Vestidas con equipo de protección, hicimos calentamiento con nuestros palos púgiles, dándonos golpes ligeros la una a la otra hasta que nos llamaron a las colchonetas del centro. Cuando el instructor anunció el turno de la primera pareja, el lugar entero se iluminó con auras brillantes. Vimos a los otros reclutas entrenar, y luego fue nuestro turno.

—¿Estás lista? —le pregunté, apretando los dientes.

—Oh, sí, vas a caer.

Todos los signos de nuestra amistad habían desaparecido, y lo único que veía era una guerrera lista para abalanzarse sobre mí.

Su resplandor magenta brillaba aún más. Era unos centímetros más alta que yo, medía alrededor de 5'8" y pesaba unas veinte libras más que yo. Me contó que en su pueblo había trabajado en la granja todos los días desde pequeña. Sus músculos se habían refinado tras años de trabajo físico y, por lo que podía deducir de su energía, estaba segura de que me derrotaría en un segundo.

—¡Comiencen! —gritó el instructor.

No estaba preparada para que se abalanzara sobre mí, empujándome hacia el borde del círculo. Planté los pies, pero ella era demasiado fuerte. En cualquier momento caería y perdería puntos. Di un rápido paso a la derecha, pero ella fue más rápida y me golpeó con fuerza en el hombro derecho con su palo. El dolor me atravesó y perdí el equilibrio. Me golpeó de nuevo en el hombro lesionado y luego en el izquierdo. No podía darle ningún golpe y solo quería huir. Di cinco largos pasos hacia atrás, hasta el extremo más alejado del círculo, sin apartar la vista de ella ni un segundo. El sudor me goteaba por la frente y la espalda, tenía las manos húmedas y estaba perdiendo el control del palo.

Pero en esos pocos segundos en el extremo más alejado del círculo, me concentré en su aura. Ella movió su palo hacia la derecha, pero antes de hacerlo, su aura se disparó en la misma dirección. ¿Por qué no me había dado cuenta antes? A continuación, hizo lo mismo en el lado izquierdo, y el resplandor magenta se movió hacia la izquierda antes de dar un paso. Respondí con un débil empujón de mi palo.

Cuando Speed dio un paso decisivo hacia mí por mi derecha, su resplandor magenta se disparó delante de ella. Sabía que vendría con fuerza por ese lado, así que di un paso a la izquierda. La oscuridad se apoderó de su aura. Se estaba enfadando, tal vez incluso dudando de sí misma. Esa era la oscuridad, el pensamiento negativo que permanecía dentro de la persona. Puede que fuera mi amiga, pero tenía que aprender esta nueva forma de utilizar la energía.

Rápidamente atraje la oscuridad hacia mí. La carga eléctrica que antes me había aterrorizado se convirtió en tornados. Se filtraron en mí y se propagaron bajo mi piel.

Repetí el pequeño baile con Speed durante unos pasos; cada vez que se abalanzaba sobre mí, simplemente evitaba el contacto. Esto me dio algo de tiempo mientras la oscuridad me consumía.

No podíamos seguir así, y me di cuenta de que ella se estaba enfadando.

—¿Qué pasa, reina de belleza? ¿No te enseñaron a pelear en los concursos? —ladró el instructor Grange, que estaba justo detrás de mí. Se rio.

Frunciendo el ceño, me incliné hacia delante. La siguiente vez que Speed se abalanzó sobre mí, moví mi palo hacia su lado opuesto y se lo clavé con fuerza en el hombro derecho. Perdió el equilibrio y cayó al suelo con fuerza. Se levantó al cabo de unos segundos y, cuando lo hizo, se alejó de mí. Parecía cansada y agotada, pero yo no.

—Alto —gritó el instructor.

Salimos del círculo de combate y nos quitamos el equipo para que lo utilizaran los siguientes cadetes.

—No me lo esperaba. ¡Qué pela me has dado! —exclamó Speed mientras se quitaba el casco, jadeando con fuerza.

—Y yo que pensaba que me lo estabas poniendo fácil —reí. Ella no sabía que me habría ganado si no hubiera sido por la forma en que me había alimentado de su energía.

Vi a Baine de pie junto a los contenedores de equipo y me acerqué. El suyo era el único aura que no brillaba de emoción; el resto de nosotros disfrutábamos de la oportunidad de descargar el estrés unos contra otros. Probablemente estaba pensando en su mamá y en cómo ella le había dicho que yo había escuchado a escondidas su conversación. Era ahora o nunca. Superé la incomodidad y me lancé.

—Hola, Osito —dije, colocando el casco, el arnés y el palo de nuevo en los contenedores.

Sus ojos se suavizaron e inclinó la cabeza por un segundo. Luego volvió a mirarme y parpadeó en señal de reconocimiento de nuestra palabra clave.

—¿Te pusiste en compinche con mi madre para jugarme una broma perversa?

Su boca se curvó en una línea delgada y sus ojos se oscurecieron. Torcí la boca y crucé los brazos.

—Por supuesto que no. Mira, sé que esto es muy raro. Para mí también lo es. Pero necesito saberlo, ¿me vas a ayudar?

Bajé la mirada y aparté los ojos de él. Me quedé de pie a su derecha para que no pareciera que estábamos hablando. Las conversaciones casuales en los espacios de instrucción estaban totalmente prohibidas.

—Sí, la tengo—. Me miró de arriba abajo con el rabillo del ojo. —Te la llevo esta noche durante la formación para la cena.

Una oleada de energía subió desde mis piernas hasta mi pecho. Esa grabadora era mi póliza de seguro.

—¿Te acordaste de las baterías?

Se rio, sacudiendo la cabeza. Por fin pude verle sonreír. Eso hizo que un zumbido pulsante recorriera mi interior.

—Sería un fastidio si se me hubiera olvidado —pronunció—. Por suerte para ti, me acordé.

Esa noche, sostuve la grabadora en la mano mientras me acostaba en mi catre, lista para dormir. Baine me la había entregado antes de la cena y yo la había guardado en el bolsillo de mi pantalón. Dijo que no le había costado nada colarla. Era lo suficientemente pequeña como para caber en la palma de mi mano, plateada y delgada. La probé varias veces y funcionaba muy bien.

Me dijo que la había escondido en el forro de su maleta, y me quité un gran peso de encima cuando supe que lo había logrado. La idea de que arruinara sus posibilidades de completar el básico, que era lo único que su madre quería para él, me ponía los nervios de punta. Aparté ese pensamiento, agradecida de que no fuera así.

Capítulo 21

La diana sonó a las 04:45 y yo todavía tenía la grabadora en la mano. Debía estar agotada, porque me había quedado dormida sin haberme trasnportado al establo. Frustrada, me miré en el espejo mientras me recogía el pelo en un moño. Me había crecido unos centímetros desde que me lo corté en la semana cero y ahora tenía una longitud que no cumplía con el reglamento. Pero eso no era lo único que había cambiado. Algo en mi mandíbula estaba más firme, algo en mis pómulos más marcado y algo en mis ojos decía que no estaba loca. Terminé de vestirme para el entrenamiento físico.

Entonces lo sentí. Siempre lo sentía antes de verlo. Mi boca se llenó de un sabor metálico y sentí la necesidad de rascarme por todas partes mientras un escalofrío me recorría la espalda. Eran los síntomas de la niebla en su peor momento. Era el comienzo de la semana ocho y, en algún punto, descubriría si me convertiría en una SERE.

Todos se habían ido a la sesión de entrenamiento físico matutino, excepto Santos y yo. Nos dijeron que nos quedáramos porque el instructor Grange quería darnos nuestras órdenes en privado.

Vestidas con nuestras camisetas grises y pantalones cortos azules, nos sentamos fuera de la oficina del instructor, esperando a que nos llamaran. Santos me miró, con un grito oculto detrás de sus ojos. Ella sabía exactamente lo que él quería de ella, y yo sabía lo que él quería de nosotras dos.

—Entra, Moreno.

Gracias a Dios que estos pantalones cortos tenían bolsillos. Sinceramente, todo debería tener bolsillos. Había pensado en poner la grabadora entre mis pechos o sujetarla detrás del tirante del brasiere, pero me preocupaba que él me agarrara por ahí antes de que tuviera la oportunidad de grabar algo incriminatorio. Había probado la calidad de la grabación desde mi bolsillo y, aunque el sonido era un poco amortiguado, funcionaba. Tendría que servir.

Deslicé el botón de la grabadora a la posición «on». Mi cuerpo pesaba el doble de lo normal cuando intenté levantarme de la silla y, cuando intenté mover los pies, era como si estuvieran sujetos por pesas de diez kilos. Di unos pasos dolorosos hacia adelante y miré a Santos en busca de motivación. Ella no levantaba la mirada del suelo.

—Todo va a estar bien —le susurré antes de entrar en su oficina. No dejaría que se rindiera. Para nada.

Sentí un vuelco en el estómago al verlo allí sentado con sus papeles en las manos. La niebla de oscuridad que lo rodeaba se disipó, dejando a la vista una perfección siniestra. Respiré hondo y me acerqué a su escritorio, con el corazón latiéndome con fuerza en el pecho a cada paso.

—Estás llena de sorpresas, reina de belleza—. Su voz era grave y oscura. — Cuando esta misión llegó a mi escritorio, debo admitir que dudé. El entrenamiento es diez veces más duro que el campamento. Me preocupas y me preocupa ese toque de locura que veo detrás de tus salvajes ojos verdes. Pero luego miré el lado positivo. Podríamos vernos mucho más, porque el entrenamiento comienza aquí mismo, en Lackland.

Mi cara se puso roja y caliente. Esperaba estar lejos de él al final de esta semana.

—¿Estás lista para saber de qué se trata?

—Sí, señor.

—Bien, pero primero hay algo que debes saber. Requiere mi recomendación. Necesitan saber si considero que estás física y psicológicamente preparada para las exigencias de esta misión. Es una buena misión. En mi opinión, una de las mejores. Lo que aprenderás te preparará para cualquier cosa.

Intenté no estremecerme ante lo que sabía que vendría después. Me quedé mirando su boca mientras se abría, esforzándome por ver a la criatura que se escondía detrás de la máscara. Fue entonces cuando vi sus dos afilados colmillos dentro de la boca y la larga lengua que los recorría. Debía estar viendo algo que nadie que sin mis habilidades podía ver.

—¡Entra, Santos! —gritó de repente.

Su energía era débil cuando entró, y su rostro parecía una estatua de piedra. Probablemente intentaba resistirse al poder que él ejercía sobre ella. Observé cómo su expresión pasaba de una sensación de fatalidad inminente a una ansiosa expectación. Con solo una mirada, quedó bajo su hechizo.

—Ahora, Moreno, creo que Santos puede ayudarte a comprender algo importante. Santos, dile a Moreno la palabra mágica.

—Obediencia —dijo con una sonrisa sensual y un pequeño brinco.

—Sí, eso es. Obediencia. Lo que quiero, no, lo que necesito, es que obedezcas. Como ha obedecido Santos. Así es como todos conseguimos lo que queremos.

Tragué lo que parecía un gorrión aferrado a la membrana de mi garganta, arañándome con sus afiladas uñas mientras bajaba. ¿Por qué lo deseo tanto? ¡Resístelo, Sasha!

—Ven aquí y ponte firme.

Más me valía hacer lo que decía o quizá me daría unos azotes como a una recluta rebelde. Me imaginé a mí misma tumbada sobre su regazo, con sus manos golpeándome el trasero y dejándome marcas rojas y dolorosas con cada impacto.

¡Puñeta, concéntrate!

Se levantó de su escritorio, se acercó y agarró la mano de Santos. Ella se acercó, claramente envuelta en su trance seductor, y posó sus labios sobre los de él. Mientras lo besaba, le desabrochó la camisa y bajó lentamente la mano hasta sus pantalones.

Todo el tiempo, él me miró fijo a los ojos.

Yo le devolví la mirada, esforzándome por concentrarme en mi ira, en mi rabia. Esas emociones eran lo suficientemente fuertes como para dominar el deseo que sentía por su contacto.

Santos le bajó la cremallera de los pantalones, dejando al descubierto una erección impresionantemente gruesa y firme.

—No puedo hacer esto —logré decir, recordando la grabadora que llevaba en el bolsillo y la necesidad de grabarlo todo—. No quiero.

—No pasa nada. No tienes por qué hacerlo. Y yo no tengo por qué darte mi recomendación —dijo mientras Santos lo rodeaba con sus manos.

—Santos, ¿él te ha obligado a hacer esto antes?

Mis ojos la suplicaban que dijera la verdad, incluso mientras luchaba contra mi propio cuerpo traidor.

—¿Te ha pedido que se lo mames?

—Bueno, no me lo ha pedido, pero sé lo que quiere —dijo ella.

Pero mis palabras parecieron sacarla del coma hipnótico sexual en el que se encontraba. Sus manos se aflojaron.

—Me obligó —susurró, dándose cuenta de que en realidad no quería hacerlo.

Apreté los puños con tanta fuerza que mis nudillos se pusieron blancos.

—No me hagas parecer tan malo, Santos. Tú viniste a mí, ¿recuerdas?

Su rostro era la calma perfecta, aunque sus ojos se oscurecieron.

—No, no, no quiero esto.

Santos lo soltó y retrocedió.

Me costó toda mi energía apartar su control sobre mis deseos sexuales y centrarme solo en la rabia. La furia superó la lujuria y volví a atraer la niebla oscura hacia mí. Esta vez hubo una fuerza contraria, algo así como separar un imán de un trozo de metal, y en este caso, Grange era el metal.

Él también estaba atrayendo las sombras.

Pero yo tenía el factor sorpresa. No creo que esperara que yo tuviera una habilidad similar. Volví a atraer la oscuridad hacia mí y un fuego se encendió en mi pecho y se extendió por mis manos.

El calor era incontrolable. Por instinto, puse mi mano junto a su entrepierna y abrí el puño. Un fuego ardiente salió de mi mano, quemándole la carne durante un rápido segundo. Era todo lo que necesitaba.

Gritó, encogiéndose y cayendo sobre su silla. Enganché mi brazo al de Santos y la ayudé a levantarse. Ella tropezó hacia atrás y tuve que sujetarla.

¿Acabo de lanzar fuego con mi puñetera mano? ¡Igual que en mis sueños! Tenía que saber cómo lo había logrado.

Nos quedamos de pie mientras él se retorcía de dolor en su silla. Su lengua se deslizó fuera de su boca, anormalmente larga y puntiaguda en el extremo. Nos mostró los colmillos con un siseo. Una niebla oscura se desprendió de él en forma de tornados, emitiendo un chirrido agudo.

Sacudí la mano, con el ardor del fuego resonando en mi piel, y luego la metí en el bolsillo, asegurándome de que la grabadora seguía allí.

Santos me miró con desesperación en los ojos y negó con la cabeza.

—Oh, no, oh, no, oh, no.

—Ja, Moreno. ¿Qué eres? —espetó Grange mientras intentaba recuperar la compostura. Se levantó lentamente—. Sabía que no eras como las demás. Podía saborearlo en ti.

—¿Qué significa eso? —preguntó Santos, levantando las cejas y mirando alternativamente a él y a mí.

El instructor movió la muñeca y la expresión de ella volvió a ser de simple preocupación.

—Señor, yo no tengo nada que ver con esto, ¿de acuerdo? —jadeó Santos tras lo que pareció un momento de silencio atónito—. No puedo darme el lujo de que me boten.

¿Acaso le había lanzado algún tipo de hechizo? ¿Qué había hecho con la muñeca?

—¿No ves lo que es?

Mi corazón latía con fuerza en mi pecho.

—¿Qué? No. No sé lo que acabo de ver—. Santos negó con la cabeza. —Todo es muy confuso.

—No solo no recibirás tus órdenes —dijo Grange— sino que ambas serán expulsadas por insubordinación.

Su rostro ya no se contorsionaba de dolor. Sus tornados de sombra ya no giraban a su alrededor; se habían reagrupado detrás de él, pequeños y contenidos. Nunca había visto su sombra tan dócil. Observé el tenue resplandor de un aura azul que permanecía a su alrededor. Habría esperado lo contrario: que creciera con furia.

Mi pulgar tocó el frío metal plateado de la grabadora que llevaba en el bolsillo mientras pensaba qué hacer a continuación. Podía reproducir la grabación allí mismo. Santos sabría que lo teníamos agarrado por los huevos. Grange sabría que estaba jodido, que lo tenía todo grabado.

Con todas mis fuerzas, quería que supiera que era su carrera la que había terminado, no la nuestra. Pero no podía hacerlo. Haría lo que fuera necesario para quitarme la grabadora. No, tenía que alejarme de él y compartir esto con alguien en quien pudiera confiar.

—Siempre sentí que había algo raro en usted. Desde el momento en que lo conocí, fue como si me tuviera en una especie de trance. No sé cuántas veces ha traído a Santos aquí, pero sé que me ha estado vigilando desde el principio. ¿Cuántas mentes ha devorado a lo largo de los años? ¿Docenas? ¿Cientos? Tiene toda esta rutina bien ensayada. Nos elige a dedo, luego nos amenaza y, bueno, se alimenta de nosotras. Ahora he descubierto exactamente el tipo de monstruo que es usted y le digo que esto se acaba. ¡Ahora mismo!

Grité esa última frase con la esperanza de que alguien nos escuchara. Pero seguíamos estando solos en la residencia. Nadie más había regresado. El tiempo transcurría más lento ahora. El reloj sobre su escritorio se había detenido y las paredes se deformaron.

—Hay algo con lo que creo que tienes problemas, Moreno, y es la aceptación —pronunció Grange—. Tienes que aceptar que así es como hacemos las cosas aquí. Todas las otras chicas antes, y sí, ha habido muchas, sabían lo que tenían que hacer para obtener lo que querían. Yo les ayudé a conseguir sus tareas. Estaban felices de dejarme cuidar de ellas, como yo habría cuidado de Santos. Así es como funcionan las cosas aquí, y tú, bueno, volverás arrastrándote al pequeño agujero de donde saliste. Chasqueó los dedos como si estuviera espantando una mosca. Se escuchó un estruendo y las sombras oscuras que lo rodeaban se hundieron sobre sí mismas. Entonces estallaron, y la oscuridad se deslizó fuera de sus brazos, pecho y piernas como serpientes. Al principio eran pequeñas, insignificantes, pero luego crecieron tanto en tamaño como en forma.

Las partes más profundas de la Sombra eran tan oscuras como la medianoche y solo yo podía oír los chillidos que provenían de su interior. La Sombra habló con un tono ronco.

—Ahora estás bajo arresto por agresión y lesiones a tu superior. Serás juzgada por un tribunal militar y, con el testimonio de Santos, condenada por un delito grave —sentenció, y sus palabras resonaron en el campo de energía oscura que lo rodeaba.

—Santos, no lo hagas. Todo va a salir bien. Podemos superar esto juntas —le supliqué mientras la grabadora ardía con el deseo de liberarse de mi bolsillo caliente y sofocante.

Santos bajó la mirada hacia sus manos, inquieta. Pequeñas gotas de sudor se formaron en la parte superior de su frente.

—Así es. Santos es testigo de que me agrediste cuando no te recomendé para el entrenamiento SERE.

Grange se irguió aún más y se acercó al teléfono. Descolgó el auricular, se lo llevó a la oreja y marcó un número.

La habitación se quedó sin aire y mi pecho latía con fuerza mientras intentaba recuperar el aliento. Observé con asombro cómo su oscuridad se condensaba de nuevo en su interior mientras hablaba por teléfono. Su presencia se había reducido casi por completo, mientras que su rostro y sus rasgos volvían a su habitual aspecto sereno y autoritario.

Capítulo 22

Apenas tuve tiempo de asimilar la noticia sobre el entrenamiento SERE cuando llegó la policía de seguridad para llevarme. Era la asignación que había deseado, el futuro con el que había soñado, y ahora se desvanecía ante mis ojos.

La policía militar me empujó contra la pared como si fuera una criminal armada y me cacheó. Tal y como esperaba, no encontraron nada en mis bolsillos ni en mi cuerpo. Menos mal que aún conservaba mi rapidez mental. La policía me esposó y me sacaron del dormitorio pocos minutos después de que llegaran los demás.

Me ardían los ojos mientras me arrestaban. Era como si me hubieran echado algún químico, me lloraban como cuando me acercaba demasiado a una hoguera. Bajé la cabeza y entrecerré los ojos mientras me sacaban, incapaz de mirar o leer los rostros de los demás.

No sentí la misma sensación de reivindicación y empoderamiento que la noche en que me enfrenté a la sombra del no-instructor en El Morro. No, esto era algo completamente diferente. Había un monstruo en esa oficina y yo era la que salía esposada y a la que se estaban llevando. En fin, ahí se fueron al carajo mis esperanzas y sueños de hacer algo con mi vida.

El instructor caminaba detrás de nosotros, sus pasos resonaban en el suelo junto con los de los demás. Cuando llegamos al patio de abajo, sentí una ráfaga de aire fresco en la cara. Me ayudó a abrir los ojos de nuevo. Grange hablaba con uno de los sargentos a unos metros de distancia, fuera del alcance de mi oído.

—Está mintiendo. ¡Sea lo que sea lo que esté diciendo, está mintiendo! —grité mientras el oficial apretaba su agarre.

—Ya basta —sentenció.

Grange me miró con frialdad mientras los policías de seguridad me empujaban al interior del vehículo.

—Parece que pronto irás a la cárcel —profirió el conductor. Su voz era alegre y animada—. Ahí es donde envían a todas las prisioneras, especialmente cuando el JAG se hace cargo de ellas.

Miré fijamente por la ventana y me di cuenta de que, a partir de ese momento, no tenía control de lo que fuese a suceder.

Durante varias horas permanecí sentada en una habitación diminuta con ladrillos blancos desgastados y una puerta metálica. La habitación tenía un sombrío banco de madera con iniciales y palabras ilegibles talladas con lo que supuse que eran uñas. El silencio era lo único que me resultaba refrescante —no, estimulante— de la habitación. Allí no podía oír el constante murmullo de los susurros de la Sombra ni ver el tormento que deseaba infligirme.

Todo lo que quedaba eran mis pensamientos, y me había vuelto muy buena a la hora de volverlos lentos.

Estás loca. Te acaban de botar.

Otro pensamiento se me ocurrió. Pensabas que todo esto había sucedido por una razón. De verdad creías que habías pasado por este momento tan difícil y profundo de tu vida para llegar hasta aquí. ¿De verdad creíste que podrías rehacer tu vida? ¿Encontrar a algún chamán mágico? ¿Convertirte en una nagual? Te han cogido de pendeja. La verdad es que solo eres una loca tóxica y nada de ti ha importado nunca.

¡No! ¡Piensa! me grité a mí misma. Esa cosa era un vampiro chupasangre, un vampiro de verdad. Tenía visiones, podía ver el futuro e incluso influir en él. Lo había demostrado con Baine. Y en una de esas visiones, vi a una bestia apoderarse del cuerpo de una versión más joven de Grange. ¿Era yo el único humano en la Tierra que podía ver a esas criaturas?

En ese momento, me di una palmada en la frente. Eso era lo que significaba "entrenamiento" en los sueños de las sombras. No estaba sola, había otros, e incluso, una escuela para gente como yo. Debía encontrarla. Pero ¿cómo lo haría estando aquí, encerrada?

Me levanté de un salto y empecé a dar vueltas.

La creciente ira dentro de mí no quería calmarse. Quería estar enfadada con el instructor por todo lo que había hecho y conmigo misma por no haberle dicho a la policía lo de la grabadora cuando tuve la oportunidad. La ira dentro de mí me exigía luchar. Debía salir de allí para encontrar al chamán desaparecido.

Me concentré en la ira, la rabia y la frustración que se acumulaban en mí una vez más, y sentí cómo mis manos se llenaban de toda esa furia. Todas estas emociones recorrieron mi cuerpo, acumulándose en mis palmas, y un pequeño fuego se encendió allí una vez más.

El calor me sorprendió y cerré las palmas por instinto. Realmente podía hacerlo. ¡Podía invocar fuego, puñeta! Ahora, si tan solo pudiera hacer uno lo suficientemente grande como para atravesar esa puerta.

Lo intenté de nuevo... Nada. Luego lo intenté otra vez, y nada.

—¡Agh! —exclamé frustrada. Golpeé la puerta con el puño y presioné la frente contra la fría superficie de madera.

Necesitaba descansar la mente de tanta concentración emocional y mental. Me senté en el banco con las piernas cruzadas, los ojos cerrados y las manos abiertas sobre los muslos. Intenté meditar, pero no conseguí llegar al lugar de la nada. No había posibilidad alguna de que pudiera acceder a esa serena sala VIP de mi mente.

De repente, mi camiseta empezó a picarme, las axilas se me humedecieron con el sudor y las manos se me pusieron húmedas. Me imaginé frente al oficial al mando cuando empezaran a interrogarme.

Veamos, señor, veo regularmente sombras oscuras y siniestras alrededor de todo el mundo, especialmente del instructor. Si entrecierro los ojos, incluso puedo ver criaturas demoníacas y personas muertas en esas sombras.

Le diría al comandante que así es como supe que Grange era un vampiro. Que supe que ese tipo era malo cuando entré en su mente enferma en un sueño y vi a una bestia apoderarse de su cuerpo, y que fantaseaba con Santos y conmigo en lencería de encaje debajo de su escritorio. Luego conseguí que un compañero recluta me trajera una grabadora tras hablar con el espíritu de su madre moribunda, solo para poder exponer al instructor como la bestia paranormal que realmente es.

Me reí a carcajadas, esa risa salvaje e increíble que se da cuando ves a un mago haciendo trucos en una noche de aficionados. Todo esto le parecería perfectamente creíble al comandante, que luego me pediría la grabadora, y yo le diría que ya no la tenía. Me internarían en un manicomio para el resto de mi vida y me obligarían por ley a tomar medicamentos psiquiátricos que me convertirían en una zombi.

Mis rodillas se juntaron con mi pecho y me acurruqué en el duro banco de madera.

Capítulo 23

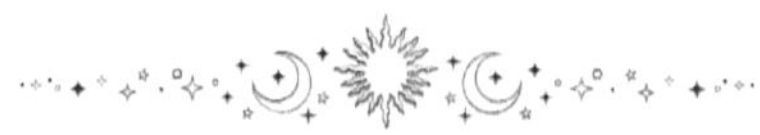

No sé en qué momento el agotamiento me arrastró, pero cuando lo hizo, fue sin piedad.

—Moreno—. Apenas oí la llamada después de haber caído en un sueño intranquilo, con la espalda apoyada contra la dura pared de ladrillo.

Levanté la cabeza con lentitud, parpadeando. En cuestión de segundos, el policía de seguridad que estaba en la puerta entró en mi campo de visión.

—El oficial al mando quiere verle ahora —dijo.

Me desenrollé e incorporé, sin estar preparada para defender mi caso ni tener nada convincente que decir. Me acompañaron a una habitación sencilla con varias sillas alrededor de una mesa de metal oscuro y un gran espejo rectangular que se alzaba en la pared a mi derecha. Me dijeron que me sentara y allí esperé. Se trataba de una sala de interrogatorios. La reconocí por las series de televisión.

Mientras tamborileaba con los dedos sobre la mesa, la puerta se abrió y entró una mujer de mi misma estatura. Tenía el pelo castaño corto, muy recortado alrededor de las orejas y peinado hacia atrás. Era más largo en la parte superior, por lo que podía peinar su pollina lisa hacia arriba para que no le cubriera los ojos. Su uniforme azul marino estaba impecable. A juzgar por las leves arrugas alrededor de sus ojos marrones, supuse que tenía unos cincuenta años. Tenía una mirada severa y entró sin decir nada. Esto interrumpió mis ensoñaciones y, cuando me di cuenta de su rango, me puse firme y le ofrecí un rígido saludo.

—Descansa —dijo.

Tomó asiento. La forma en que caminaba, se sentaba con precisión y me indicaba que me sentara demostraba décadas de entrenamiento y disciplina militar. En comparación, yo frente a ella debía parecer insignificante y desaliñada.

Tragué saliva mientras consideraba mi destino en manos de esta condecorada coronel. Pensar que podía meditar para eliminar mi desequilibrio mental y crear una vida plena para mí misma me parecía completamente absurdo en ese momento.

—Recluta Sasha Moreno —leyó en el papel que tenía delante—. Soy la coronel van Holst y la comandante de las Fuerzas de Seguridad. Ahora estás bajo mi mando, Moreno, y yo soy responsable de ti.

Todo este tiempo había dado por sentado que el coronel era un hombre, no una mujer. Maldita sea. Qué vergüenza.

Asentí ligeramente con la cabeza, buscando a su alrededor alguna señal de la Sombra. Su energía brillaba con un intenso color índigo y verde, pero no había rastro de la Sombra. Exhalé por primera vez en lo que me parecieron horas.

—¿Cómo te sientes? ¿Te han tratado bien? —preguntó.

—Sí, señora.

¿Por qué le importaba si estaba bien si estaba a punto de enviarme a una celda?

—En primer lugar, déjame decirte que hay un buen número de personas investigando este caso en este momento— dijo—. Nuestra máxima prioridad es comprender qué sucedió exactamente.

Asentí de manera mecánica, porque era lo que se esperaba de mí. Ahora todo me parecía desensibilizado. Incluso las yemas de mis dedos, que descansaban sobre mis muslos, habían perdido sensibilidad.

—Entonces, entiendo que encontraste la grabadora en su escritorio y la encendiste mientras él no prestaba atención, ¿verdad?

No sabía de qué demonios estaba hablando. Espera... ¿acaso se le acababa de ocurrir una coartada para mí?

—Ajá.

—Por suerte para ti. Ahora me aseguraré de que esa parte de la historia permanezca confidencial por el momento, teniendo en cuenta todas las circunstancias.

Seguía aturdida, asintiendo con la cabeza, incapaz de entender por qué se molestaba en encubrirme.

—Tu valentía en esta situación es admirable—. Se inclinó hacia delante, apoyando los codos en la mesa. —Tengo que decirte que no estás sola. Sé por lo que estás pasando.

Me miró a los ojos y, al hacerlo, me sacó de mi coma cerebral. ¿Lo entendía todo? No. Imposible.

—En mi posición, he visto este tipo de cosas demasiado —continuó—. Lo que les pasó a ti y a Santos es increíblemente difícil de condenar debido al peso de la prueba. Con esta grabación y el testimonio de Santos, pudimos arrestar al instructor Grange de inmediato y formular cargos.

Ahora sería un buen momento para decirle que era un vampiro. O sea, ella dijo que lo entendía. Demasiado pronto, Sasha. Aparté ese pensamiento de mi mente.

La coronel se recostó en su silla casi de manera imperceptible mientras relajaba los hombros e inclinaba ligeramente la cabeza hacia la derecha.

Tan pronto como la coronel terminó de hablar, el silencio de la habitación resonó en mis oídos. Me quedé paralizada, mirándola con los ojos muy abiertos y la boca abierta. El alivio, la ira, el miedo y la frustración afloraron a la superficie al mismo tiempo. Se me llenaron los ojos de lágrimas y las gotas saladas se derramaron sin mi permiso. Sin duda, ella me vería débil por la emoción cuando debería estar orgullosa y reivindicada.

—No pasa nada. Lo entiendo. He traído Kleenex.

Me entregó un pequeño paquete de pañuelos de bolsillo. Me sequé las lágrimas antes de volver a mirarla a los ojos.

Ella apoyó el dorso de su mano derecha sobre la mesa, con la palma hacia arriba.

—Toma, agarra mi mano, por favor. De verdad que no pasa nada.

Puse mi mano en la suya y, al hacerlo, pude levantar un poco más la cabeza.

—No puedo creerlo. ¿Terminó todo?

—Sí.

Me sentí plena por primera vez en mi vida. Era como si mi corazón se hubiera partido en cinco pedazos antes de ese momento y ahora cada uno de ellos se estuviera uniendo de nuevo en mi pecho.

—Tengo entendido que te han asignado al entrenamiento SERE —dijo la coronel.

—Sí, señora.

—Bien. Los primeros quince días del entrenamiento, que dura un año, se llevarán a cabo aquí mismo. Después de revisar tu examen de ingreso, las calificaciones de las pruebas de entrenamiento básico y tu rendimiento físico general, creo que eres una excelente candidata para este programa y me aseguraré de que recibas mi recomendación.

Hice todo lo posible por controlar la sonrisa exagerada que quería esbozar en mi rostro y me aseguré de que ella solo viera una sonrisa profesional de tamaño normal.

—Si te interesa, me gustaría ser tu mentora en este comienzo de tu carrera militar. Creo que puedo ayudarte y, por lo que parece, quizá tú también puedas ayudarme a mí.

—Sí. Quiero decir, sí, señora. Me interesa —dije, ladeando la cabeza.

Las últimas veinticuatro horas habían sido una montaña rusa emocional llena de dudas sobre mí misma y de intentar hacer lo correcto. Este sería el comienzo de mi carrera, y ese demonio de instructor Grange estaría encerrado donde se merecía.

Me invadió una sensación de alivio al darme cuenta de que no tendría que mirar a mi madre a la cara y decirle que había vuelto a meter la pata. Ahora tenía una carrera. No podía creer que una chica sin dinero del barrio con problemas con su padre hubiera llegado tan lejos en tan poco tiempo. Y tan pronto como el ejército me diera acceso a una computadorar, comenzaría mi búsqueda del chamán.

Por ahora, quería estar sola un rato para calmar mis nervios y mi mente alterada.

—Muy bien, recluta —dijo la coronel como si me leyera el pensamiento— solo vamos a tomarte una declaración y luego puedes acompañarme a mi despacho, donde me encargaré personalmente de que ambas almorcemos algo. Después decidiremos cuándo puedes volver a los dormitorios y reintegrarte al escuadrón. Tienes trabajo que hacer.

Aunque su postura seguía siendo rígida e inmóvil, me dedicó una cálida sonrisa.

—Gracias, coronel. Pero hay algo que realmente necesito saber. ¿Qué va a pasar con el instructor Grange? —pregunté.

Ella se movió en su silla y entrelazó las manos sobre la mesa frente a ella.

—Se enfrentará a múltiples cargos por agresión y conducta indebida ante el juez auditor general. Se trata de una investigación en curso, y seguiremos el debido proceso de entrevistar a todos los posibles testigos, recopilar pruebas e interrogar al instructor Grange. Si todo sale bien, podría ser juzgado por un tribunal militar, despojado de su rango, pensión y sueldo, y condenado a hasta treinta años de prisión militar.

Yo quería que lo castraran, pero esto tendría que bastar.

Antes de dar mi declaración, le pedí el favor de hablar con Santos en privado. Ella accedió. En mi declaración, omití cualquier mención a vampiros, auras, energía, el establo, la Sombra, Baine, la grabadora o mis sueños lúcidos.

—Gracias de nuevo, señora, por todo —dije.

—De nada, Moreno —respondió con un rápido movimiento de cabeza.

Antes de levantarse y saludarme, su aura brilló con un verde intenso y capté un ligero destello en sus ojos, muy parecido al que Nikki y yo compartíamos cuando tramábamos algo.

Aguarda, ¿sabía ella algo más? El destello desapareció tan rápido que ni siquiera estaba segura de haberlo visto.

La saludé con el brazo rígido y orgulloso. Ella me devolvió el saludo, giró bruscamente y salió de la sala de interrogaciones.

Abrumada, intenté darles sentido a los acontecimientos más recientes, pero seguía hecha un lío confuso. Durante mi declaración, en lugar de darle todos los hechos, solo le conté los que se ajustaban a la visión aceptada y compartida de nuestro mundo físico. Me di cuenta de que mi visión del mundo era fundamentalmente diferente a la de los demás, y que eso no tenía por qué ser algo malo.

Capítulo 24

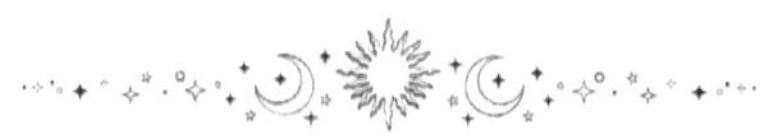

Mis pensamientos se dirigieron a Santos y a la grabadora. Cuando el instructor Grange hablaba por teléfono con la policía, le cogí ambas manos entre las mías. Al tocarla, sentí como si toda la fuerza se le hubiera escapado del cuerpo. Intenté mirarla a los ojos, pero ella no me miraba. Cuando le puse la suave grabadora de metal en la palma de la mano, levantó la vista y me miró.

—Oye... recuerda a Benny. Hiciste lo correcto. Escucha esto —le susurré rápidamente— y luego llévaselo al instructor de nuestro escuadrón hermano, el sargento Smith. Creo que él te ayudará.

Durante nuestros ejercicios y clases diarios, a veces el instructor de nuestro escuadrón hermano se hacía cargo. Era una responsabilidad compartida entre los instructores, y nunca nos decían quién vendría. Intuí que podía confiar en el instructor Smith por la forma en que había tratado a Baine cuando tuvo que irse a casa. Su energía parecía sincera.

Santos retiró las manos junto con la grabadora. La guardó en su bolsillo izquierdo mientras apretaba los labios y miraba fijamente a la pared frente a ella. Si me hubiera basado solo en su expresión, no habría podido interpretarla. Pero su aura se volvió de un azul vibrante.

En ese momento, el color vivo no fue suficiente para hacerme esperar que se arriesgara a seguir adelante. Ella tenía mi futuro en sus manos y, hasta hacía una hora, no tenía ni idea de lo que haría con él.

La puerta de la sala de interrogaciones se abrió lentamente y Santos se quedó en el umbral. Su aura azul seguía siendo radiante y, para mí, eso la hacía parecer brillante y llena de posibilidades. Se acercó a mí y sonrió. Le devolví la sonrisa.

Irónicamente, los militares tenían la jerga perfecta para ese momento.

—¡Yoooo, tienes los colmillos por fuera!

—No, los tuyos.

Ella rio y se unió a mi abrazo abierto, rodeándonos con los brazos y apretándonos con fuerza. Dio un paso atrás y me miró.

—Fue increíble, Moreno. No puedo creer que hayamos atrapado a ese imbécil.

—Lo hicimos.

—Lo vi entrar mientras estaba en la sala de espera —dijo—. Estaba completamente tranquilo, incluso engreído. Me dio escalofríos. Y, sinceramente, todavía me siento culpable. Odio admitirlo, Sasha, pero incluso después de todo lo que ha pasado, sigo encontrándolo tremendamente sexy.

Sacudió la cabeza con incredulidad.

—Me odio por lo que sigo sintiendo y por lo que le hice a Benny.

—Grange tiene los genes de un dios, y lo sabe. No es culpa tuya que sea un maestro manipulando a las mujeres. Nos amenazó a las dos y se merece caer. Ya oíste lo que dijo. Le ha hecho esto a docenas de personas y sabes que no va a parar.

Apreté la mandíbula. Se me acababa de ocurrir que nuestro sistema penitenciario y legal no podía contener a una bestia como él. Probablemente podría acabar con los guardias con su fuerza de vampiro. ¿Y entonces qué? ¿Vendría a por mí y por Santos? Aparté ese pensamiento de mi mente. Una batalla a la vez.

—Ok, dime, ¿cómo lo hiciste? —preguntó Santos—. ¿Cómo conseguiste la grabadora? ¿Cómo sabías cuándo llevarla contigo? Eso fue PM: puta magia.

—Todo fue PM. No hablemos de la grabadora, ¿ok?

Miré alrededor de la habitación con la sutileza de un receptor de béisbol en el plato.

—¿Cuál es tu misión? ¿A dónde vas después de esto?

—Voy a hacer exactamente lo que vine a hacer aquí: Operaciones de Sistemas Cibernéticos.

Se puso las manos en las caderas.

—A mi novio le asignaron lo mismo.

—¡Qué brutal esa asignación!

Ella asintió y me dio un ligero empujón en el hombro.

—Por cierto, ¿te gusta Baine?

—Eh, no. ¿De qué hablas?

—Sé cuándo dos personas se gustan. Él estaba justo al lado del instructor cuando le pedí hablar con él en privado. Ya sabes cómo son los instructores, siempre bruscos e impacientes con nosotros. Así que tuve que enseñarle la grabadora para que me tomara en serio y me dedicara un momento. Baine lo vio, y deberías haber visto su cara. Era como si hubiera visto un fantasma.

—Y... ¿qué pasó, entonces?

Me esforcé por evitar que mi cara se sonrojara.

—Bueno, el instructor me dijo que le diera un minuto y Baine empezó a hacerme preguntas sobre ti. Como dónde estabas, por qué no estabas en los ejercicios, qué había pasado. Estaba muy preocupado. Le dije que no podía hablar de ello y que estaba intentando sacarte de un grave problema. Luego, cuando el instructor regresó y me apartó, insistió en venir conmigo. Lo escuchó todo.

Mis ojos debieron delatarme, porque ella me dedicó una sonrisa cómplice.

—O sea, hello, están loquitos el uno por la otra y viceversa. Se nota a leguas —bromeó.

—Da igual. Es buenagente.

—Y agradable a la vista.

—Sí, eso también.

UNA SEMANA MÁS TARDE

El sol brillaba como una mandarina en el cielo y las nubes decidieron no aparecer. Sentimos una brisa fresca que soplaba desde el oeste mientras manteníamos el ritmo unos con otros en nuestra carrera de graduación. Mi madre estaba allí, en las gradas, saludando con la mano. Lola destacaba entre la multitud con su espesa melena negra, su esbelta figura y su pintalabios rojo brillante.

No pude devolverle el saludo, pero estaba segura de que ella no esperaba que lo hiciera. Me dedicó una sonrisa radiante. Durante todo este tiempo había sentido curiosidad por saber si tendría el mismo aura roja que recordaba haber visto cuando era niña. Cuando la vi en las gradas, brillaba con un rojo intenso, igual que su personalidad.

Mientras nuestro equipo corría por el campo con nuestras banderas, seguía sin poder creer que hubiera llegado tan lejos. Muchas veces me preguntaba si el mundo nos hablaba de manera diferente a cada uno de nosotros. Si lo que yo consideraba la verdad absoluta de todo lo que veía o experimentaba podía ser completamente diferente de lo que otra persona consideraba verdadero. Me preguntaba si mi vida y mi forma de ver el mundo, por extraña y retorcida que fuera, no era un defecto, un error o una discapacidad mental, sino un don. Un don que me permitía ayudar no solo a mí misma, sino también a los demás. Otros como Santos y todas las futuras mujeres a las que Grange habría atormentado si no lo hubiéramos detenido. Con las nuevas medidas que el coronel van Holst planificaba implementar, probablemente habíamos ayudado a miles más.

Después de nuestra carrera, regresamos a los dormitorios para cambiarnos y ponernos los uniformes azules. Recibimos nuestros certificados en el campo de césped y luego se nos unieron nuestros familiares.

Mi madre corrió hacia mí y me dio un gran abrazo.

—¡Mi nena, estoy tan orgullosa de ti!

—Gracias —le dije, devolviéndole la sonrisa.

Mientras salíamos del campo, noté la energía de Trent a mi derecha.

—Felicidades por ser la graduada de honor —me dijo.

—Gracias. Felicidades a ti por ser el graduado masculino de honor —le dije riendo y le di un suave puñetazo en el hombro.

—Me gustaría invitar a cenar a estas dos familias de graduados con honores —dijo el padre de Baine, radiante.

Una descarga eléctrica recorrió todo mi cuerpo. Así que esto era lo que se sentía hacer algo bien por una vez. Dejé que esa sensación me invadiera.

—Me parece bien —dije—. Quizás esta vez nos sirvan la comida en platos. Me aseguraré de que también te den un Snickers.

Me encantaba que ahora pudiéramos reírnos de aquello.

—Ahora estamos hablando —respondió Baine, acercándose más que nunca.

Por primera vez en ocho semanas, estábamos oficialmente fuera de servicio. En unos minutos, saldríamos por las puertas de la base para ir a almorzar al centro. Y en cuestión de días, Baine y yo comenzaríamos el entrenamiento SERE. Nuestras vidas nunca volverían a ser las mismas.

Dirigí mi atención a las gradas y vi a la coronel van Holst allí de pie, mirándome con expresión seria.

—Chicos, ¿me dan unos minutos? Nos vemos en el pabellón.

Caminé hacia ella. Después de intercambiar saludos, vi en su rostro la misma expresión calculadora que había visto en la sala de interrogaciones.

Fue directa al grano.

—Pensé que te gustaría saber qué pasó con el instructor Grange.

—Sí, señora.

—Lo enviaron al Comando Conjunto Zodíaco. Ahora lo están procesando y lo trasladarán a su casa zodíaco para la audiencia. Para que le impongan la pena máxima, tendrás que comparecer como testigo. Solo podrás hacerlo si has encontrado a tu chamán y has entrado en Zol Stria antes de la vista. Sin tu testimonio, lo más probable es que lo liberen en Zol Stria. Pero no te preocupes, se le ha revocado el acceso a la Tierra para siempre.

Sabía que las organizaciones que había mencionado no existían en este mundo. Ella lo sabía todo... Pero lo único que pude hacer fue tartamudear: "Eh... ¿Zol Stria? Ja... ¿qué?".

—No me gustaría tener que informar al Comando del Zodíaco que eres lenta para entender.

Toda la compasión de nuestra última conversación había desaparecido. La impaciencia empañaba su voz.

—No soy lenta.

Sentí un hormigueo en los dedos. Nadie me llama lenta. Me di cuenta de que realmente no me caía bien.

—Espero que no—. Me miró de arriba abajo. —Gracias a mí, el Comando del Zodíaco está evaluando tu caso y te está dando una prórroga para unirte a la Academia Aries de Zol Stria. Anteriormente habían descartado tu expediente y se habían olvidado de ti. Algo en todo este asunto con Grange me parecía raro, así que indagué un poco más. Busqué una correlación entre tu fecha de nacimiento y tu lugar de nacimiento en la base de datos conjunta del Zodíaco, y resultaste ser una coincidencia directa para ser un nagual. No sé cómo has llegado tan lejos en tu Tránsito de la Duodécima Casa sin volverte loca, pero aquí estamos.

Ahora me miraba como si estuviera maravillada.

—Pero te estás quedando atrás con respecto a tu facción, y eso no puede ser —pronunció—. He hablado bien de ti por lo hábilmente que acabaste con Grange. Además, tu entrenamiento militar aquí te convierte en un activo único para nuestras Fuerzas Conjuntas. Grange es un vampiro joven. Alguien lo convirtió en este lado de la Puerta hace unos veinte años, y creemos que, o bien forma parte de una organización llamada el Zodíaco Oscuro, o bien alteró sus habilidades mediante el Código Oscuro que le proporcionaron.

Aunque era mucha información que asimilar, me alegraba haber descubierto algunas cosas.

—Nuestros servicios de inteligencia han detectado algunas frecuencias paranormales en la cordillera de Sierra Nevada de Santa Marta, en Colombia. Creemos que tu chamán está allí. Me aseguraré de que tu equipo se instale cerca para que puedas localizarlo.

—Aguarde, un momento. Necesito entender algo.

La coronel me miró con impaciencia.

—¿Cómo es que hay otros naguales en el programa y yo me he perdido así en el sistema? —pregunté—. Quiero decir, ¿cómo los han encontrado a ellos y a mí no?

—No es una ciencia exacta. A los naguales se les asigna su Contrato del Alma antes de nacer y, como acabo de decir, sus nacimientos se alinean con las constelaciones en el momento y lugar de su nacimiento. Sin embargo, puede haber cien bebés nacidos en un día determinado, aproximadamente a la misma hora y a poca distancia unos de otros. Y solo puede haber un nagual entre ellos.

Sus rasgos se manifiestan cuando cumplen diez años, y nuestros equipos buscan a los niños más dotados, inteligentes, atléticos y paranormales nacidos dentro de esas coordenadas. Pasaste desapercibida por nuestro radar porque tu chamán nunca informó de tu existencia y tus habilidades nunca fueron detectadas por nuestros equipos de reconocimiento.

Ahora lo entendía. Había reprimido mis dones el momento en que murió titi Lily.

—Tu chamán está vinculado a ti. A cada nagual se le asigna un chamán junto con su Contrato del Alma. Considéralos como trabajadores sociales. Evalúan cada caso y hacen recomendaciones al programa. Tu chamán ha estado ausente sin permiso desde antes de que cumplieras los diez años.

Entrecerré los ojos y mi boca se convirtió en una línea fina.

—¿Qué son las Puertas? ¿Qué es Zol Stria?

Todo esto era muy confuso y empezaba a molestarme que mi vida fuera solo otra tirada de dados para ellos.

—¿Estás lista? —me preguntó mi madre desde detrás.

Borré la confusión de mi rostro mientras me volvía hacia ella.

—Sí, está lista. No era mi intención retenerla —respondió van Holst, sonriendo ahora y girándose rápidamente para alejarse.

—Espere, coronel. Tengo más preguntas —protesté.

Se volvió hacia mí con lo que parecía ser una expresión de enfado intencionada.

—Las responderemos más tarde—. Se inclinó hacia mi oído para que mi madre no pudiera oírla. —No intentes encender más fuegos, Moreno. Necesitas entrenamiento para eso, o te quemarás la cara.

Ahora sabía que no me caía bien. Me volví hacia mi madre.

—Espera allí, porfa. Solo un minuto.

Alcancé a la coronel e hice algo que nunca pensé que haría. Me paré frente a ella y la detuve en seco.

—Para que lo sepa, no me lo creo. Al menos, no todo. Sé que mi expediente no fue "descartado". Creo que más bien alguien metió la pata y usted aún no se ha dado cuenta. Ahora, ¿cuándo va a darme respuestas reales?

La miré fijamente, pero mi cuerpo se mantuvo firme en posición de descanso militar. Puede que la estuviera desafiando, pero no estaba dispuesta a romper filas y que me sancionaran por insubordinación.

Por un segundo, pareció que ese brillo misterioso había vuelto a sus ojos, con una sonrisa astuta en los labios.

—Así que alguien le ha estado pasando información.

Su rostro permaneció impasible.

En realidad, esperaba que me reprendiera por hablar fuera de lugar, pero esta vez no me importaba. Me negaba a dejar que mi vida siguiera siendo la misma lotería que había sido hasta ahora.

—Como dije antes, hablaremos más tarde. Ahora no es el momento.

Con una mirada gélida, me indicó que me apartara y siguió caminando.

CAPÍTULO 25

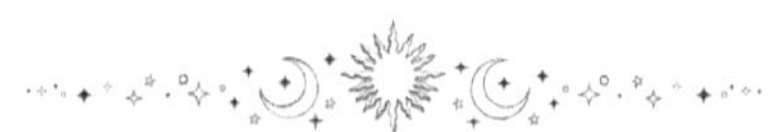

Por primera vez en mucho tiempo, no tuve miedo de enfrentar las consecuencias. Al menos hasta que llegaron.

—No. Sé. Nada —balbuceé mientras Lazear me echaba agua en la cara.

Estaba tumbada boca arriba sobre una tabla rígida de madera, con los ojos vendados y los brazos y las piernas atados a los flancos. También me habían inmovilizado la frente, por lo que no podía girar la cabeza para mirar a mi captor.

Habían pasado diez segundos desde que empezó a torturarme y, aunque no podía verlo, podía sentir el malicioso placer que le producía ese momento. Lo estaba saboreando.

—Es muy sencillo, Moreno. Solo tienes que decirme la contraseña y podemos parar. Todo depende de ti.

Hizo una pausa, inclinándose sobre mí y disfrutando del momento.

Puso las manos a ambos lados de la mesa mientras yo tiraba de las correas. Apreté los labios y él retrocedió. Sus pasos se alejaron por encima de mi cabeza y luego se detuvieron.

—Dímelo ahora —gritó.

Me habían dado órdenes directas de no revelar la contraseña. Si la decía, fracasaría en la misión.

Me echó más agua sobre los ojos, la nariz y la boca. Tosiendo, sentí cómo se contraían mi garganta y mis pulmones, y solo llevábamos unos quince segundos. En ese momento, había perdido mi capacidad de leer su aura. Estaba luchando. Pero me mantuve firme.

—Solo estás empeorando las cosas para ti —dijo, echándome una cantidad irracional de agua por toda la cara, llenándome las fosas nasales y ahogándome la boca.

Me estaba asfixiando. De repente, las ataduras me parecieron aún más apretadas. Tiré de ellas. Quería gritar, pero mi voz permanecía confinada dentro de mi garganta. Mi cabeza se sacudía de un lado a otro presa del pánico. Esto era demasiado.

Paró de verter agua.

—Ahora, ¿cuál es la palabra clave? —preguntó con calma. Debía de haberse inclinado porque su voz sonaba a solo unos centímetros de mi oído derecho. Estaba demasiado tranquilo. Casi juguetón.

No iba a ceder, pero tenía que decirle algo.

—Operación Extra —logré decir entre ahogos.

—Operación Extra, ¿verdad?

A juzgar por su tono, parecía creer que me tenía atrapada.

—Sí, eso es.

Moví las manos, tratando de soltar una. Seguí moviéndolas, pero las ataduras estaban demasiado apretadas. En estos meses de entrenamiento, había estado practicando cómo generar fuego en mis palmas. Eran esfuerzos chapuceros, pero la única forma en que podía descubrir cómo hacerlo era concentrándome en mi rabia. Rabia contra mi padre por aquellas noches en las que nos había dejado a mi madre, a mi hermano y a mí aterrorizados. Rabia contra mi ex por intentar controlarme y manipularme. Y rabia contra el instructor vampiro por despertar tantos deseos primitivos en mí por las razones equivocadas.

Aproveché toda la rabia que pude. La canalicé hacia mis manos y me concentré en la derecha. Llevé el fuego hacia delante y sentí cómo mis palmas se encendían con el calor. Sí, podía quemar esta correa. Mi fuego solo duraría un segundo, pero a tan poca distancia de la correa, podría ser todo lo que necesitaba.

Oí a Lazear moverse detrás de mí. Mierda, probablemente me delataría si quemaba la correa, pero no podía detenerme. Tenía que canalizar mi ira acumulada.

—Nunca he oído hablar de la Operación Extra —dijo—. ¿Qué significa eso? Creo que te lo estás inventando.

—La Operación Extra —tosí— es una operación humanitaria para llevar suministros adicionales a los refugiados aquí en Colombia. Trabajo para una organización sin fines de lucro. No sé nada. Lo único que hago es llevar comida y ropa a gente necesitada.

—Ja, ¿esperas que te crea? Entonces, ¿por qué llevabas armas? —preguntó, probablemente sosteniendo un cubo con más agua para rociarme si no le gustaba mi respuesta.

Por supuesto, no era cierto. Estaba ganando tiempo.

—Sabes que mentir tiene consecuencias —espetó.

Prefería exhalar mi último aliento antes que darle la contraseña.

Nos odiábamos mutuamente. Él sabía que si yo decía la contraseña real, yo perdería el ejercicio y él ganaría. Escuché más movimiento y supuse que probablemente estaba mirando al instructor para que le indicara qué hacer a continuación. Si empujaba mi cuerpo hasta el límite a tal punto de necesitar ser reanimada, sería severamente reprendido.

Cada uno tenía sus propios objetivos. El suyo era conseguir la contraseña mientras me mantenía con vida. El mío era aguantar el mayor tiempo posible sin rendirme.

Me había estado preparando para esto. Durante dos semanas, cronometré el tiempo que aguantaba sin respirar bajo el agua. Llegué a un minuto. Cuando no estaba en esas, Baine y yo simulábamos torturarnos mutuamente con agua para aumentar nuestra resistencia. Sabía que podía aguantar treinta segundos sin perder el sentido de la lógica y la razón. Baine podía aguantar cuarenta. Pero al final, todos nos debilitaríamos. Era una forma de tortura imposible de resistir. Todos cedían antes de un minuto.

Los instructores calculaban nuestros puntos en este ejercicio según el tiempo que aguantábamos. Porque estábamos condenados al fracaso. Eso era un hecho. Este estilo de interrogatorio era famoso por su eficacia a la hora de sacar información incluso a los prisioneros más duros.

Mi entrenamiento SERE estaba casi completo, solo me quedaba un mes, y este adiestramiento en resistencia era la parte más dura de todo el curso. Yo era la única mujer y, sin embargo, la miembro del equipo con mejor rendimiento.

Me habían emparejado con Ivan Lazear porque era quien más me odiaba. Mi instructor nunca lo había dicho en voz alta, pero podía leerlo en su aura. Estaba convencida de que quería a alguien que no tuviera piedad de mí. Alguien que me odiara con toda su alma y disfrutara viéndome sufrir.

Durante los últimos ocho meses de entrenamiento, había ampliado mis habilidades y empezaba a dominar mi don de leer la energía, infiltrarme en los sueños y conectar con la energía de los demás. Se estaba convirtiendo en algo natural y me daba una ventaja increíble en todos los ejercicios. Durante nuestros ejercicios en el campo, podía sentir la energía de los animales que cazábamos antes de verlos. Solo tenía que apuntar con mi flecha, tensar el arco y dar en el blanco antes de que el animal detectara mi presencia. Siendo una chica de ciudad, nunca esperé que la cacería me resultara tan natural. Esto nos ayudó a Trent y a mí a sobrevivir más tiempo en la naturaleza. Teníamos más proteínas, grasas y pieles de animales para abrigarnos que cualquiera de los otros cadetes.

Cuando se trataba de ejercicios tácticos en los que estábamos atrapados en Humvees volcados o simulaciones de secuestros, todo lo que tenía que hacer era leer la energía del instructor que dirigía el ejercicio y podía calcular mi siguiente movimiento. Esto me mantenía un paso por delante de los otros veinte cadetes de nuestro programa.

Mi favorito era el entrenamiento de combate. Podía leer el siguiente movimiento de mi oponente incluso antes de que lo hiciera, lo que me facilitaba esquivar golpes y lanzar golpes inesperados. Sin embargo, no siempre utilizaba mis habilidades, por ejemplo, cuando quería practicar cómo liberarme de llaves, especialmente cuando Trent era mi oponente. No me disgustaba que me inmovilizara.

Pero el agua que me caía por toda la cara ahogaba todos mis sentidos. No podía leer la energía. Apenas podía pensar. Cada vez que Trent y yo practicábamos por nuestra cuenta, me desmayaba, así que esto no venía como sorpresa. Pero me sentía fuera de mi elemento, perdida y absolutamente confundida cuando me ataban, me vendaban los ojos y me amordazaban con agua.

El agua que Lazear sostenía chapoteaba en el cubo. Por el sonido, supuse que el cubo estaba justo debajo de su cara. Era el momento.

Disparé el fuego a través de la correa y sentí cómo el nilón se quemaba bajo mi mano. Con la mano derecha libre, utilicé toda mi fuerza para levantar el cubo.

Le salpicó por todas partes y le dio en la cabeza. No estaba segura de lo que pasó exactamente después, tal vez se tambaleó hacia atrás, pero no creí haberlo derribado. Gruñó y maldijo mientras me quitaba la venda de los ojos. Intentó agarrarme del brazo y giré la mano para darle un puño en la cara.

En los segundos que tardó en esquivar mi gancho de derecha, pasó por encima de mí. Estaba tratando de desatar mi mano izquierda cuando él me agarró, inmovilizándome la mano libre a mi lado. Con una altura de casi seis pies, 250 libras y muy musculoso, Lazear era el típico deportista que no veía más allá de su propio ego. Tenía el pelo negro azabache, una mandíbula definida y ojos color avellana dorada que, estaba segura, hacían suspirar a todas las chicas de la base.

Mientras me sujetaba, me abofeteó con el dorso de la otra mano. Era totalmente permitido en este tipo de ejercicio de entrenamiento, y me propuse mentalmente abofetearlo varias veces si alguna vez salía de allí.

Le lancé una mirada furiosa antes de escupirle. Apenas pestañeó. Disfrutaba con aquello. Prácticamente resplandecía mientras se quitaba el cinturón para sustituir la correa rota. Probablemente había ganado puntos por su ingenio.

—Vamos, vamos. No podemos permitir que te comportes así, Moreno —dijo apretando los dientes—. Y voy a necesitar saber cómo has conseguido encender un fuego aquí dentro.

Me palmeó el brazo, buscando un encendedor. Noté que quería gritar, pero sabía que eso demostraría a los demás que estaba perdiendo los nervios. Pero, en realidad, los puntos que perdí en este ejercicio no significaban absolutamente nada en el programa de entrenamiento general. Iba tan por delante que seguiría siendo la graduada de honor. Sin embargo, no perdería ni un solo punto ante él sin luchar.

Me volvió a colocar la venda en los ojos y esperaba que el instructor declarara mi derrota. Pero el instructor nos dejó continuar.

Me echaron más agua en la boca y los ojos, y yo no estaba preparada. Tenía la boca ligeramente abierta y olvidé expulsar el aire por la nariz. El agua se coló por cada grieta mientras mi cuerpo se retorcía y se sacudía. Mi cara se enrojeció por la presión, ya que la sangre se me subió a la cabeza. Un fuerte latido resonaba en mis sienes. Se me cerró la garganta, los pulmones se me convulsionaron y todo mi cuerpo temblaba sin control. Lazear finalmente dejó de verter agua y, por primera vez desde el entrenamiento básico, perdí la noción del tiempo.

—Ahora, Moreno, esta es tu última oportunidad para decírmelo —dijo—. ¿Cuál es la palabra clave?

Lo último que recuerdo es haber logrado articular con dificultad las palabras: "La contraseña es... vete al carajo".

Fue entonces cuando me echaron el último chorro de agua y dejé de sentir mi cuerpo. En su lugar, sentí que me elevaba, flotando justo encima de la tabla en la que estaba tumbado.

A lo lejos, apenas oí a alguien gritar: "¡Para! Paren el ejercicio. ¡Basta!"

Miré hacia abajo y vi mi cuerpo tendido debajo de mí, inmóvil, mientras Lazear me presionaba el cuello con dos dedos para tomarme el pulso. Seguía tan tranquilo como siempre. El instructor entró corriendo y Lazear negó con la cabeza.

Acaba de perder el ejercicio, pensé, satisfecha.

Y entonces todo se volvió negro.

Capítulo 26

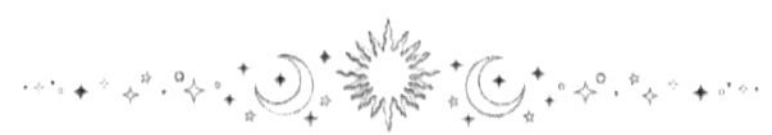

En la oscuridad, a lo lejos, había una chispa familiar del mismo color púrpura intenso que componía mi aura. Me acerqué a ella, sin saber si caminaba o flotaba. Lo único que tenía en mente era llegar a esa forma púrpura brillante, parecida a una estrella, en el horizonte lejano. Pero cuanto más me acercaba, más se alejaba.

¿Dónde me encontraba? Miré a mi alrededor. Debí haberme desmayado. No podía ver mis piernas, mis brazos o mi cuerpo. Yo solo era una cosa flotante.

Debería poder moverme más rápido así, sin el peso de una forma física.

Lo deseé y me acerqué a la intensa luz púrpura. A medida que me acercaba, noté la sombra profunda y siniestra que rodeaba la luz, tan familiar. La luz habría sido más brillante si no fuera por toda la niebla y la furia que bloqueaban lo que había más allá. Después de todo lo que había pasado, ya no le tenía miedo a la Sombra.

Aceleré hacia la abertura y entretejí mi energía en el oscuro lienzo que me rodeaba. Por fin pude ver a través del agujero entre las sombras de donde provenía la luz.

Allí estaba yo, de pie dentro de la nube monstruosa y negra que se arremolinaba, con sus almas malditas retorciéndose en su centro. Intentaron arrastrarme con ellas, como siempre hacían. Me tentaban con promesas de pasión, atrayéndome con lujuria y deseos que solo la oscuridad podía satisfacer. Por muy seductores que fueran, ya tenía mucha práctica resistiéndolos, así que pude concentrarme en lo que sucedía en el centro de la masa.

Una mujer me daba la espalda. Vestía completamente de negro y llevaba su largo cabello negro recogido en una coleta apretada. Era el ocaso y ella se encontraba en una zona boscosa con un granero tras de sí. En un instante, la noche se onduló a su alrededor en una niebla negra cuando sus manos tocaron el suelo y el resto de su cuerpo se transformó en fragmentos de sombra.

Donde antes se encontraba su forma humana, apareció una enorme jaguara negra, el doble de grande que cualquier jaguar que hubiera visto jamás. La bestia echó a correr tan rápido y furiosa que casi la pierdo de vista. Me esforcé por seguirla, volando por encima de ella y siguiéndola con velocidad hasta una cueva iluminada por las brasas, cuyo resplandor carmesí se reflejaba en las paredes, donde docenas de símbolos tallados pulsaban débilmente con la luz. Algunos me resultaban familiares, como el sol y las espirales taínos que había visto en libros. Pero otros no sabía cómo llamarlos: bestias o espíritus demasiado antiguos para reconocerlos.

Los símbolos latían como si me conocieran. Como si hubieran estado esperando mi regreso. Una parte de mí, algo enterrado y salvaje, se despertó.

Las sombras se ondularon una vez más hasta formar una figura humana cubierta de niebla, agachada en el suelo. Cuando el cuerpo salvaje se puso de pie, la reconocí.

Era yo.

De pie, desnuda, sus tonificados brazos, piernas y abdomen proyectaban el tipo de poder y confianza salvaje de un animal, no de una humana. Su brillante y largo cabello negro, ahora suelto, caía sobre sus hombros bronceados y enmarcaba con suavidad sus pechos. Cuando se dio la vuelta para mirarme, sus ojos me dominaron con la misma energía oscura que ahora me resultaba familiar.

Dudé solo porque no me gustaba que me obligaran a hacer nada. Pero con una ligera inclinación de su cabeza, se hizo imposible resistirse a la atracción de sus profundos y ricos ojos verdes. Ya podía sentir su energía recorriendo mi cuerpo, llenándome de un poder delicioso. Ella asintió ligeramente, como reconociendo mi aprensión, comprendiéndola. Fue entonces cuando me dejé llevar y confié.

Tuve que recurrir a toda la resistencia que había adquirido en mi entrenamiento de agilidad mental para evitar salir disparada de ella. La energía que fluía a través de esta criatura era supercargada y lanzaba descargas y chispas directo a mi centro de conciencia. Al principio no tenía nada a lo que aferrarme, nada que me centrara, ya que todo a mi alrededor se convirtió en una neblina confusa. Ella podía hacer lo que quisiera.

Al notar mi pánico, ella redujo con suavidad la oleada de energía. "Sasha, tienes que despertar pronto", su voz resonó en mi mente. "Pero antes de hacerlo, debes recordar lo que estoy a punto de decirte. El poder que corre por tus venas no proviene del Zodíaco. Viene de tus antepasados, aquí en tu isla. Este siempre ha sido tu destino. Antes de las Casas. Antes del tiempo mismo. Pero debes encontrar a tu chamán. Está en el mercado, escondido. No quiere volver. No te rindas. Debes convencerlo, de lo contrario nunca cruzarás la Puerta a tiempo". Se arrodilló al borde del fuego que ardía dentro de la cueva. "Olvida el mundo que creías conocer, no existe. Las Casas siempre te están poniendo a prueba".

Ahora que mis ojos eran sus ojos, miré a través de ellos mientras ella contemplaba el fuego. Las llamas se movieron y una batalla se desató en su interior. Las fuerzas militares libraron una guerra terrestre contra bestias épicas. Dragones ensangrentados y con colmillos, lobos, hadas y vampiros destrozaban a los humanos. Las armas humanas eran inútiles, impotentes.

Entre los destellos carmesí de luz, no podía entender por qué los tanques, los carros y los aviones de combate estaban todos inmóviles. No se movían. No había energía, ni luz, ni poder a la vista.

La escena me provocó un escalofrío feroz y sentí un pánico creciente al darme cuenta de que el mundo familiar, mi mundo, estaba devastado. La forma de Sasha que poseía levantó una mano y señaló los límites de la batalla. La bestia en la que se había convertido estaba de pie en el borde, observando la lucha con sangre goteando de sus caninos demasiado afilados. En ese momento, sentí el sabor metálico de la sangre en mi propia boca.

Vi cómo Sasha se llevaba la mano a la boca y se tocaba los labios. Cuando terminó, miré sus dedos. Estaban manchados de sangre.

—Primera sangre —fue lo último que oí antes de que mi mente se sumergiera de nuevo en la oscuridad.

Sentí la cabeza pesada al girarla hacia la izquierda. Abrí los ojos con lentitud y todo estaba borroso. Solo pude distinguir algunas cosas, como una ventana cuadrada, la cama en la que estaba, hecha con cuidado con sábanas amarillas, y una pequeña mesa a mi derecha.

Volví a cerrar los ojos y moví los dedos de las manos y los pies. Me sentía bien estar de vuelta en mi propia piel, pero estaba cansada. Mis muñecas, piernas, cuello y brazos adoloridos pesaban como el plomo al intentar moverlos. Dondequiera que estuviera, me sentía a salvo por ahora. Volví a quedarme dormida.

Un rato después, abrí los ojos al escuchar que se abría la puerta. Era Trent.

—Hola —dijo. Pulsó un botón en la pared y entró una enfermera. Me tomaron las constantes vitales y me preguntaron cómo me encontraba. Cuando se marcharon, Trent se quedó.

—¿Te encuentras bien? —preguntó.

—Sí, solo adolorida. Y cansada.

—Nos tenías a todos preocupados.

Se sentó en la silla junto a mi cama. Lo vi con claridad cuando busqué sus familiares ojos azul oscuro. Una barba dorada comenzaba a cubrirle la mandíbula y, a pesar de su apariencia tranquila, me di cuenta de que estaba más que preocupado.

Capítulo 27

Por un instante, el cuarto pareció un remanso de calma, aunque algo en su mirada me advirtió que no duraría.

—¿Qué quieres decir? ¿Qué pasó? —pregunté, dándome cuenta de que estaba en la enfermería.

No había hospitales en nuestro centro de entrenamiento improvisado en Cartagena de Colombia. Solo teníamos un médico, una enfermera y el equipo básico para mantenernos en plena forma. Esto incluía infusiones regulares de vitaminas, inmunizaciones, vacunas, crioterapia y, ocasionalmente, inyecciones de esteroides para la recuperación muscular tras las lesiones.

—Te moriste —dijo.

—¿Qué?

Mis ojos querían abrirse de par en par, pero no podían. Intenté incorporarme, pero él me puso la mano en el hombro con suavidad y me volvió a recostar.

—Necesitas descansar, ¿de acuerdo? Tu corazón se detuvo por completo durante diez minutos o más. No sabemos exactamente cuánto tiempo. Pero te habías ido, Sasha. Pensé que te había perdido.

Mi corazón se llenó de tristeza al mirar sus familiares ojos azules. Su pecho supuraba energía gris e índigo; el dolor por la pérdida de su madre hacía menos de un año aún estaba fresco allí. Esto no era bueno para él.

—Se necesita mucho más que la muerte para mantenerme alejada —bromeé.

—Ja —se burló, sonriendo cálidamente.

Me tomó la mano y la apretó con dulzura. Yo le devolví el apretón y lo atraje hacia mí. Mi visión ya no estaba tan borrosa. Contemplé sus anchos hombros y sus rasgos bronceados por el sol.

Se inclinó sobre mí y se acercó para darme un suave beso en la frente. Antes de que pudiera apartarse, levanté la mano y me toqué los labios. Él bajó la cabeza para presionar sus labios contra los míos. Y la cálida sensación que surgió en mi interior me recordó por qué disfrutaba estar viva.

Recordé nuestro primer beso. Estábamos en un ejercicio de entrenamiento en un bosque de Montana antes de que nos autorizaran a ir a Colombia. Nos dividimos en parejas y, como yo era la única chica del grupo, pude elegir con quién formaba pareja. Por supuesto, elegí a Trent.

Teníamos que utilizar las habilidades que habíamos aprendido para vivir de la tierra y, al menos en mi caso, él sabía que tendría muchas proteínas en su dieta. Encontramos un lugar para acampar junto a un lago y acabábamos de terminar una sopa de conejo con raíces silvestres, bayas y hierbas. Tumbados en nuestros sacos de dormir, hablamos bajo la brillante e inflamada luna.

Me hizo un cuento increíble sobre sus amigos de su ciudad natal, cómo una vez fueron de acampada a un lago como este y lo único que se llevaron para comer fueron hamburguesas. Ni siquiera se llevaron panecillos ni condimentos, solo la carne, y eso fue lo único que comieron durante tres días.

Me reí cuando me miró, con los ojos brillando a la luz de la luna. Su pecho, que subía y bajaba con cada respiración, invitaba a mis manos a recorrer la piel desnuda que aguardaba justo debajo de su camiseta.

Debió darse cuenta de que me mordía el labio inferior y lo miraba fijo a sus profundos ojos azules, porque se inclinó y presionó sus firmes labios contra los míos. Su lengua se deslizó por mis dientes y se unió a mi boca de una forma que hizo que una oleada de calor recorriera mi cuerpo.

Puso una mano en mi costado y la otra en mi cuello, y cada centímetro de mi cuerpo se estremeció con su caricia. Deslizó las manos hasta mi cintura y me sujetó allí. Yo le devolví el contacto, sintiendo el contorno de sus abdominales bajo mis manos, firmes e inflexibles. Su creciente erección se presionaba contra mi muslo.

Deslizó los dedos hasta mi centro y me acarició hasta que dejé escapar un suave gemido de deseo. Cuando lo hice, me cubrió la boca con otro beso, este más apasionado que el anterior.

—Llevaba meses queriendo hacer eso —susurró.

Sonreí.

—Yo también.

Esa noche me dijo que nunca pensó que podría sentir tanto por una persona. Después de perder a su madre, no creía que su corazón pudiera soportar volver a perder a alguien a quien amaba.

Ambos estábamos sufriendo y encontramos consuelo en el abrazo del otro. Mi mente no estaba preparada para admitir que lo amaba, pero mi corazón ya lo gritaba a los cuatro vientos.

—Esos labios merecen volver de entre los muertos —dije con una suave sonrisa.

Él me devolvió la sonrisa y volvió a sentarse en la silla junto a mi cama del hospital. "Ay, mira esto". Metió la mano en el bolsillo y sacó su teléfono. "Tu horóscopo de hoy dice: 'Recientemente has cerrado un capítulo de tu vida y hoy se te presenta la oportunidad de empezar de nuevo. Aprovecha las lecciones del pasado para construir un futuro mejor. Busca la ayuda de los demás, especialmente de aquellos que pueden mostrarte el camino'".

—Suena bastante acertado —respondí en voz baja.

—¿Cómo se sintió haberte ido?

—Todo estaba negro. No recuerdo nada —contesté. No podía contarle lo que había visto; él no lo entendería. Yo misma todavía no lo entendía. Significaba algo, pero ¿qué?—. Oye, ¿puedes traerme un cuaderno y algo para escribir?

—Eh, claro. Sí, dame un segundo.

Se levantó y salió de la habitación. Miré por la ventana las colinas onduladas y los tejados. Imaginé que el aire exterior debía estar fresco, con el sol brillando a través de las nubes.

Trent regresó y me entregó el cuaderno. Lo dejé sobre la mesa junto a mí para escribir más tarde. Aunque me dolía todo el cuerpo, me invadió una deliciosa sensación de orgullo por no haber cedido ante Lazear y una satisfacción aún mayor por saber que lo reprenderían por ello.

—¿Qué le pasó a Lazear? —pregunté, esperando que al menos hubiera perdido puntos por mi muerte.

No recordaba cuántas veces nos habían dicho los instructores que no podíamos dejar morir a nuestros rehenes. Que el rehén era más valioso vivo que muerto. Si dejábamos morir al rehén, fracasábamos en la misión.

Sentí cómo me ardía el pecho al recordar cómo me había inmovilizado después de que yo le hubiera dado un puñetazo. La expresión de su rostro.

—Sasha, ¿en serio? ¿Me estás preguntando por Lazear?

Trent me miró boquiabierto.

—Tú moriste.

Sacudió la cabeza con incredulidad.

—Demos gracias de que volviste. Pero, para que lo sepas, ahora mismo se está recuperando de una fractura de nariz.

Sonrió y se frotó los nudillos de la mano derecha. Asimilé eso por un momento. La idea de haber estado a punto de perder la vida me invadió con un escalofrío.

Trent se suavizó un poco mientras me miraba a los ojos, y yo quería perderme en los suyos. "¿Cómo fue eso?", preguntó Trent. "¿Tuviste alguna visión?".

—Fue...

Me detuve cuando los recuerdos volvieron a mi mente. Todo era tan familiar y, sin embargo, tan extraño. Cerré los ojos, vi la luz púrpura intensa en la distancia e intenté recordar las palabras que habían resonado en mi mente, las palabras que eran mías.

—¿Qué fue? —preguntó con sinceridad. No había ningún motivo oculto detrás de sus ojos, que coincidían con el cielo despejado del exterior.

—No lo recuerdo. Ahora necesito dormir.

Cerré los ojos con suavidad.

Al día siguiente me dieron de alta y me permitieron volver al servicio tras tres días de descanso para recuperarme. Miguel Pérez, nuestro comandante, me hizo muchas preguntas sobre el incendio, pero yo negué tener conocimiento alguno al respecto. Es decir, no podían demostrarlo, y afirmar que tenía poderes pirokinéticos me habría enviado directamente a una evaluación psiquiátrica.

Cuando me enteré de que Lazear había recibido quince días de servicio extra y treinta días de restricción, me molestó que eso no fuera ni de lejos el castigo máximo por matar a alguien. Pero me sentí mejor sabiendo que al menos Trent le había metido un buen puño.

Agradecí el tiempo libre. No había tenido tantos días libres en meses. Por fin tenía tiempo para estar sola y me preguntaba mucho qué significaba ser una nagual. No había perdido el poder de leer auras, de ver la energía de la vida. Tampoco mi capacidad para correr más rápido, soportar mejor los elementos y superar a cualquier mujer que hubiera conocido. Era algo inaudito, especialmente en una mujer con mi complexión delgada, pero ahí estaba yo.

Me preguntaba por el Comando Conjunto del Zodíaco, las Casas del Zodíaco, y quería saber qué había sido de ese vampiro de mierda llamado Grange. Más que eso, me estaba poniendo nerviosa porque no estaba más cerca de encontrar al chamán. Y la coronel van Holst no aceptaba ninguna de mis solicitudes de reunión. No había sabido nada de ella desde que hablamos meses atrás en mi graduación. Lo único que me dijo fue que me destinarían a Colombia, y se creía que el chamán estaba allí.

Capítulo 28

Mi visión me decía que encontraría al chamán en el mercado, así que decidí comenzar mi búsqueda allí. Mientras paseaba por los callejones llenos de puestos de fruta fresca, verduras y comida local, el aire fresco se llenaba de susurros. Iba vestida de civil, con mahones negros, una camiseta blanca holgada y Converse negras, el cabello suelto y alisado.

Ahora, solo un día después de mi muerte, una energía me invadió y agudizó aún más mis sentidos. Sentí un calor inusual en las yemas de los dedos. Un sabor metálico llenó mi boca y pude oír los susurros que el viento traía desde las nubes. Un viento antiguo, apenas pude distinguir palabras de un idioma desconocido cuando me rozó el pelo. No era el chirrido penetrante de las Sombras del Zodíaco. No, esto era otra cosa.

Estaba recogiendo arepas congeladas cuando una ráfaga de viento susurrante me rodeó. Me agaché para agarrar un pimiento verde que se había caído al suelo y, cuando me enderecé, la tienda estaba llena de artesanías. Curioso, no las había visto allí hacía un minuto.

Cestas tejidas de colores, bolsos y joyas de cuero llenaban la tienda, perfumada con tierra rica y sándalo. Me sentí atraída por el espacio, todo en él llamaba mi atención, el cálido aroma llenaba mis pulmones.

Una joven de mi edad leía manga sentada en el mostrador. Tenía el pelo grueso, lacio y oscuro, con ligeros rizos en las puntas. Su maquillaje era perfecto y su aura brillaba con un intenso color amarillo.

Todo en esta tienda me llamaba la atención. Las cestas eran coloridas y estaban tan intrincadamente tejidas que el solo verlas me transportaba a otra época, a otro mundo. Había bolsos y cinturones elegantes, y cuando miré las etiquetas de algunos de los artículos, vi claramente que no podría comprar ninguno.

Cuando estaba a punto de marcharme, los susurros se hicieron más fuertes, pero no pude distinguir las palabras. Sentí un tirón en mi interior, que me atraía hacia una presencia. Una energía igual que la mía. Era la primera vez que me pasaba esto desde que había aceptado mis habilidades.

Miré alrededor de la tienda en busca de señales de energía oscura o de un aura con un brillo como el mío, cualquier cosa que explicara los sonidos y los olores que flotaban a mi alrededor. Me adentré en la abarrotada tienda, girándome de lado entre los percheros y los expositores de cestas. La parte trasera estaba llena de cestas desde el suelo hasta el techo. Pero allí, cubierta por una fina cortina blanca, había una pequeña abertura. No pude ver ningún indicio de sombra o energía colorida allí atrás. Pero los sonidos eran más fuertes. Con lentitud, discurrí la cortina unos centímetros y eché un vistazo al interior.

Me sobresalté al descubrir a un hombre de pie en la entrada, mirándome directo a mis ojos. Era mucho más alto que yo, con intensos ojos esmeralda y una barba negra, corta y áspera. Nuestras miradas se cruzaron y sentí una descarga eléctrica recorrer mi cuerpo. Me sentí atraída por él. Mi alma sentía como si lo hubiera visto innumerables veces antes, pero mis ojos me decían que no era así.

¿Era este el chamán? Tenía que serlo.

Tenía los hombros anchos y parecía que hacía ejercicio. No se parecía al chamán místico que había imaginado. Me imaginaba a un anciano con una larga barba, no a un tipo rudo pero sexy de veintitantos. Mis hombros se tensaron al verlo. En circunstancias normales, me habría sentido atraída por sus rasgos llamativamente hermosos, pero algo en su postura y en la forma en que me miraba me inquietaba. Sus gruesas cejas negras eran dos líneas perfectas que endurecían sus rasgos ya de por sí afilados. Era a la vez llamativo y autoritario.

—Tú —dijo chasqueando la lengua y levantando la barbilla, sin mostrarse impresionado.

—¿Qué? —me burlé, sintiéndome como una niña de ocho años a la que regañan.

Me enderecé; mi entrenamiento militar me dejaba aprensiva ante toda esto. Debería haberme dado la vuelta y marchado en ese momento. Por primera vez desde que todo comenzó, no podía leer la energía de una persona. Pero eso no me detendría. Ahora podía manejarme sola. No era la misma niña insegura que era cuando me metí en el ejército. Perdida en mi propia mente. Asustada. Destrozada. Tenía que encontrar al chamán y tenía que saber si era él.

—Entra, miserable criatura. Acabemos con esto.

Prácticamente escupió las palabras con disgusto.

—Eh, ni siquiera lo conozco.

¿Cómo podía odiarme sin siquiera conocerme?

—Te conozco hace siglos —gruñó.

Dándose la vuelta, desapareció en las profundidades de la tienda. Por su forma de caminar y de vestir, parecía robusto y refinado, como un whisky añejo. Sin embargo, sus palabras eran más bien como las bebidas baratas.

—Ale, sal de aquí por un buen rato —le dijo a la chica del mostrador.

No quería seguirlo, pero algo me empujaba hacia él. La cortina blanca ocultaba un pasillo con iluminación tenue, y escudriñé cada rincón en busca de las profundas ondas de sombra que lo recubrían todo, bueno o malo. Nada.

Al final del pasillo, entró en una pequeña habitación impregnada de sándalo. Me detuve en la puerta. Podría ser una trampa. Una brisa me rozó la piel y los susurros me empujaron hacia adelante.

Capítulo 29

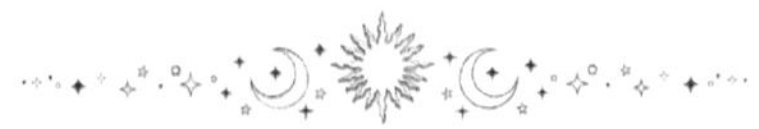

No me atreví a entrar en la habitación.

Él estaba de pie frente a un altar adornado con tres filas de velas de colores con imágenes pintadas en ellas. Cristales y pequeñas tallas de madera de animales, Jesús, María y los santos se aglomeraban alrededor de las velas. Comenzó a colocarlos, agarrándolos y moviéndolos sin ningún patrón aparente.

Observé sus manos con atención. Con los hombros encorvados, giró ligeramente la cabeza y me miró de reojo, murmurando palabras para sí mismo. ¿Por qué no podía leer su energía?

—Estrellas, los santos, ¿qué hace aquí esta... maldición? —murmuró.

¿Estaba hablando de mí? Ahora este tipo empezaba a emputarme.

—Yo no soy una maldición.

No iba a quedarme allí parada y aguantar insultos sin motivo. Me dispuse a marcharme cuando su mano se adentró entre las velas y sacó una pistola. Más rápido de lo que pude pestañear, empuñó la pistola con ambas manos y me apuntó directamente a la cabeza.

—¿Estás segura?

La pregunta me sacudió. Mis ojos se movieron rápidamente entre su rostro y la pistola. Hablaba muy en serio. Debí haber sabido que estaba loco.

—No te voy a enviar a las Puertas si para eso has venido —sentenció, manteniendo la pistola apuntando a mi cabeza—. Así que puedes largarte.

Así que él era el chamán.

Mi corazón amenazaba con salirse de mi pecho mientras una oleada de calor me invadía. No estaba dispuesta a morir dos veces en dos días. ¿Qué clase de puñetera semana de mierda estaba teniendo?

El calor en mi pecho y en las yemas de mis dedos ardía aún más, tan caliente que parecía que estuvieran en llamas. Tenía mucho miedo de que me disparara, pero tuve que mirar mis manos porque el calor era demasiado intenso.

Al levantarlas, una llamarada salió disparada de las puntas de mis dedos y se dirigió directo hacia él.

El fuego lo empujó contra la pared trasera. Levantó ambos brazos para protegerse la cara, con la pistola aún en la mano. Cuando las llamas se disiparon, miró por encima de sus brazos.

Yo sabía que no podía invocar el fuego cuando quisiera, pero él no lo sabía.

—Baja la pistola o lo hago otra vez.

Esperaba que no descubriera mi truco.

—Está bien.

Dejó el arma con aire sombrío sobre una mesita que había en la habitación. La cogí, le quité el cargador y vacié la recámara. Metí las balas en el bolsillo y volví a dejar la pistola de nueve milímetros vacía sobre la mesa.

—Parece que las estrellas te favorecen. Su rostro estaba sombrío y nada acogedor. "Al menos los signos de fuego te favorecen". Su elegante acento me distrajo por un minuto.

—Mira, no sé mucho sobre todo esto, pero lo que sí sé es que has estado desaparecido demasiado tiempo. Necesito cruzar la Puerta y se me acaba el tiempo.

La rabia dentro de mí resurgía. Podía sentir el fuego ardiendo en mi interior y un extraño cambio de energía se arremolinaba dentro de mí. Respiré hondo.

—No, no puedes.

Negó con la cabeza y se sentó en un gran sillón de cuero detrás de un escritorio de madera de exquisito tallado.

Sin una pistola apuntándome a la frente, por fin pude contemplar la amplitud de la habitación. Azulejos de terracota pulidos, muebles de cuero blanco y jarrones y reliquias eclécticas se habían colocado con moderación por toda la estancia. Daba una sensación a la vez moderna y rica en cultura.

Cerré la puerta detrás de mí. En ese momento, debía mantener la calma y recopilar información. Volví a mirar mis dedos, esperando que las yemas estuvieran calcinadas. Solo estaban un poco rojas y recuperaban la sensibilidad normal. Cuando volví a fijar mi atención en el chamán, se había suavizado un poco.

—Siéntate, tómate algo conmigo.

Sonaba a una orden.

Casi me senté, pero entonces me di cuenta de que ese perfecto desconocido tenía una influencia malsana en mi vida. Si no le hacía caso, no me ayudaría. Si no me ayudaba, me volvería loca. No podía permitir que nadie tuviera ese poder sobre mí. Sin embargo, allí estaba yo, pendiente de cada una de sus palabras.

—No, gracias —pronuncié con esfuerzo.

—Mejor, más para mí.

Se sirvió una bebida de color rojizo de uno de esos elegantes recipientes de cristal.

—Necesitas mi ayuda, lo sabes.

—Ajá, sí. Pensándolo bien, sírveme una copa también. Sí necesito tu ayuda. Quizás una copa me ayude a relajarme dentro de este arroz con mangó.

El ceño fruncido de su rostro ardiente se suavizó tras entregarme un vaso. Me aseguré de empinarlo con lentitud, dejando que los vibrantes sabores llenaran mis papilas privadas de alcohol durante unos segundos fugaces.

No estaba segura de cómo conseguir que este tipo me ayudara, sobre todo si no podía leer ni ajustar su energía. Pero no me rendiría. No quería volverme loca. Debes convencerlo, de lo contrario no cruzarás la Puerta a tiempo.

—El Decreto Celestial me ha unido a ti y te ha unido a mí.

Removió el líquido en su vaso y regresó a su silla.

Confundida, me senté en la silla frente a él, todavía buscando un aura que no podía ver.

Se recostó y cruzó las piernas con indiferencia.

Capítulo 30

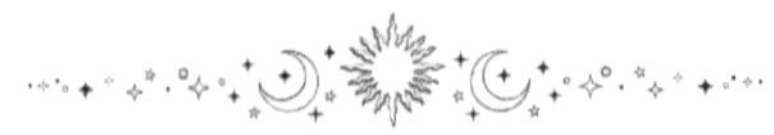

Intenté leerlo, pero su energía era un muro. Nada salía de él. Nada entraba.

—Sí, soy tu chamán y sé exactamente quién eres —me ofreció sin que yo le preguntara, y al mismo tiempo, completamente desprovisto de emoción, sentimiento y energía. Pero, un momento, ¿qué era eso que había en sus ojos? ¿Era curiosidad o algo más?—. Déjame ser el primero en felicitarte por haber llegado tan lejos —dijo con voz monótona—. Te has convertido en una mujer muy hermosa.

—Gracias, supongo. ¿Eso significa que me conocías de pequeña?

—Sí, Sasha. Te observaba desde las sombras cuando eras niña. Nunca pensé que llegarías tan lejos sin mí. Esperaba que no lo hicieras.

Quería tirarle mi bebida a la cara.

—Ok, en primer lugar, eres un hijo de puta por decir eso. ¿Por qué no?

De alguna manera, no me sorprendió en absoluto. Se incorporó en su silla y se inclinó hacia mí, con los ojos afilados como láseres y concentrados.

—Puede que no lo creas, pero eres una maldición. Todos ustedes, los naguales, lo son.

—Ok. A mí me parece problema tuyo, no mío. ¿No puedes decirle al Comando del Zodíaco que me asigne a otra persona? ¿Por qué tengo que sufrir por lo que sea que se te metió por el culo y murió? —pregunté, tratando de que mi voz no temblara.

Un destello verde brotó de la parte superior de su cabeza. Su aura.

Miré fijamente sus ojos esmeralda salpicados de fragmentos de jade. Sin pensarlo, atraje hacia mí la energía verde que vi escondida en esos fragmentos. Si no podía leer su energía, leería su alma.

Estaba atrapada en esos fragmentos de sus ojos, y yo lo liberé de su confinamiento. Emparejé mi energía con el blanco de su camisa, el blanco de las pequeñas motas de sus centros de energía, y lo cubrí con la pureza del chakra coronario.

Mientras sostenía su energía —¿o era su alma?— suspendida en el aire, me di cuenta de que lo estaba liberando de sí mismo. Liberándolo de la creencia de que yo no merecía su esfuerzo. Separé este y todos los demás pensamientos afilados, rotos y destrozados que creaban su energía oscura.

Rompí su energía en pedazos minúsculos para que se dispersaran con las sombras del viento. Quedó una fuente de energía pura, flotando libremente en el espacio entre nosotros.

Esta energía era fluida en el aire: un líquido, un gas y una niebla, todo al mismo tiempo. Ligera y libre, la vi flotar sobre su cuerpo debajo. Esta esencia flotante se endureció y se disparó hacia arriba. Se estrelló contra una pared de sombra negra que yo había creado y no pudo escapar. Utilicé la fuerza de la oscuridad para empujar su energía renuente de vuelta a su cuerpo.

El chamán parpadeó con lentitud y se incorporó en su silla.

—Fíjate, esta vez has venido con regalos.

Su voz era tranquila y centrada, y un aura blanca lo rodeaba. Fue un truco genial; esperaba que volviera a portarse como un pendejo para poder seguir practicando. Pero, ¿qué quería decir con "esta vez"? Nunca lo había visto antes.

—Sabes, no soy yo de quien estás harto —le dije—. Estás harto de ti mismo, de llevar tanto tiempo vivo. Aburrido del papel que has desempeñado por tantos años. Lo entiendo, de verdad. Pero no es culpa mía. Me niego a caer solo porque tú no puedas soportar tu aburrida vida inmortal y la tarea de prepararnos a los naguales para nuestro entrenamiento—. Sentí un cosquilleo debajo del pecho, un destello de energía que me atravesó.

Incluso después de lo que había dicho, sus hombros seguían relajados, sin estar tensos ni irritados mientras me estudiaba.

—Sé que la sientes, a tu jaguar. Está lista para ser liberada.

—No me digas. Y en cuanto sea liberada, vendrá a por ti.

Él se rio, pero yo no estaba jodiendo.

—¿Cómo aprendiste ese... ese truco con la energía? Es muy útil. Y es nuevo. Me gustan las cosas nuevas. Es cierto que estoy cansado de esta rutina.

Dos rayos de energía oscura atravesaron su aura blanca, y la familiar Sombra volvió a aparecer. Ladeó la cabeza hacia un lado.

—¿Puedes hacerlo otra vez?

—Por supuesto que puedo. Y podría quemar todo este lugar si quisiera.

Claro, yo fanfarroneaba, pero él estaba considerando mi oferta. Quizás considerando que yo no era su enemigo.

—Bueno, eso es impresionante—. Esbozó una amplia sonrisa. —Oculté mi energía para que no pudieras encontrarme. Parece que lo único que hice fue retrasar lo inevitable.

—¿Por qué no empiezas por decirme por qué no pude leer tu aura antes? —le pregunté.

—Oh, ja. La retraje. Pero en el momento en que me encontraste, mis protecciones dejaron de funcionar contigo debido a nuestro vínculo. Debo admitir que estoy más que impresionado. Obtendrás muchos puntos extra en la Academia por encontrarme con mi energía retraída. También rompiste todas mis protecciones al encontrar este lugar sin que yo lo supiera. Todavía no sé cómo lo hiciste. Y estoy seguro de que conseguirás aún más puntos por controlar tu mente, encontrar tu poder elemental y ese pequeño truco que hiciste con mi energía. Fue... surrealista. Fue bastante impresionante.

Parecía satisfecho, pero luego su expresión se volvió sombría y volvió a retraer su aura. ¿Qué le pasaba a este tipo? Nada era fácil.

—Gracias. Supongo. Quiero decir, si fuera por ti, estaría encerrada en un psiquiátrico. ¿Podrías explicarme por fin qué es realmente Zol Stria y qué son las Puertas?

—Piensa en los anillos del tronco de un árbol. El árbol existe, con todos sus anillos. Pero hay anillos internos y anillos externos, ¿verdad? El anillo más externo es el que ves, y los anillos internos están ocultos en el interior. La Tierra es el anillo externo. Es la versión del mundo que puedes ver como humana, y funciona como punto de entrada a todos los demás anillos. Y los anillos internos son Zol Stria. Hay exactamente doce anillos dentro de Zol Stria, uno para cada casa del zodíaco.

Tomó otro sorbo de whisky. Me incliné hacia delante, dispuesta a hacer otra pregunta, cuando él volvió a hablar.

—El Mando Celestial Conjunto es donde la inteligencia militar de la Tierra colabora con los Guardianes de Zol Stria —continuó—. Zol Stria acepta no saquear la Tierra y viceversa. Ahora bien, los humanos están en desventaja, porque las criaturas de Zol Stria son mucho más poderosas que cualquier humano y pueden ser crueles y sanguinarias. Ahí es donde entramos tú y yo. Somos humanos con la capacidad de viajar a Zol Stria y volver. Las estrellas nos diseñaron para trabajar en equipo para mantener el equilibrio y proteger el velo.

Se levantó para servirse otra copa y tuve la oportunidad de fijarme en lo apretados que le quedaban los pantalones por detrás. Puede que tuviera siglos de edad, pero desde luego no lo parecía.

—Entonces, ¿qué hay que proteger? —pregunté.

Terminó de servir, volvió a tapar la botella y se sentó de nuevo.

—Bueno, tiene que haber orden en ambos lados. Si dejamos que cualquiera cruce el velo, a ambos lados de las Puertas, habrá vulnerabilidades. Los demonios, vampiros y basiliscos harían fiesta con carne humana. La Tierra es el único punto de entrada entre las doce Puertas, por lo que las Casas del Zodíaco formaron un decreto para permitir que la humanidad prosperara y pudiera cruzar las Puertas en un entorno neutral donde ninguna de las Casas dominara realmente. En un sistema estelar sediento de poder, así es como nos aseguramos de que ninguna Casa tenga demasiado. Los de nuestra especie, los chamanes y los naguales, somos los enlaces designados entre nuestras dimensiones. Tu función, cuando te gradúes, será acabar con los saltadores del velo que rompan el acuerdo.

Lo miré fijamente, mientras la confusión me invadía como la cera de una vela.

—Entonces, la única forma de pasar entre las Puertas ¿es en la Tierra?

—Sí.

—Entonces, no es como los anillos de un árbol, sino como la rueda del zodíaco, donde la Tierra es el gran círculo en medio de todos los signos del zodíaco.

—Exactamente.

Mi analogía era mucho mejor que la suya sobre los anillos de los árboles, pero su expresión no revelaba nada. Me entraron ganas de reír.

—¿Entonces estás diciendo que los humanos conocen las Puertas?

—Bueno, las conocían hace cientos de años, hasta que fueron hechizados. Ahora solo los miembros humanos del Comando las conocen, y los semihumanos de entre nuestra población.

—Oh, claro. El Comando, tiene sentido —me burlé y me recosté en mi silla.

Eché un vistazo a la sala para ver si Lazear y su equipo estaban grabando todo esto como parte de algún tipo de plan elaborado para demostrar que no era psicológicamente apta para terminar el entrenamiento SERE—. Tengo más preguntas.

Quería creer que había algo más en mi "condición" particular que tuviera sentido, aunque sonara absurdo. Además, no podía pasar por alto el hecho de que la Sasha del futuro me había dicho que escuchara a este imbécil.

—Por supuesto que sí —dijo—. Haremos un intercambio. Una pregunta por otra. Pero salgamos de aquí. Me vendría bien un poco de aire fresco.

Salimos por donde había entrado y, al abrir la puerta principal de la tienda, me di cuenta de que toda la mercancía había desaparecido. No solo delante de su tienda, sino que todas las tiendas del callejón habían desaparecido. El bullicioso mercado que había visto hacía solo unos minutos había desaparecido y solo quedaba una calle llena de edificios.

Cuando miré al chamán, la comisura de sus labios se curvó en una sonrisa burlona.

Capítulo 31

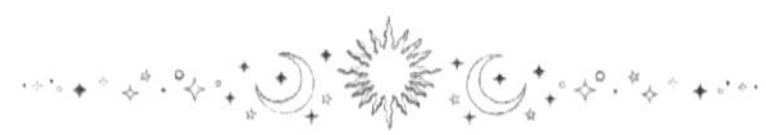

El aire cambió, denso y pesado, como si la ciudad entera contuviera el aliento.

—Espera, ¿qué le pasó al mercado?

Él siguió caminando sin prestarme atención. En serio, ¿cuál era el puñetero problema de este tipo?

Me puse a su altura y caminamos en silencio durante unas cuantas cuadras hasta llegar a un restaurante en una esquina con mesitas y sillas fuera. Me sentí atraída hacia él, como si una cuerda invisible nos uniera. Todo esto me parecía que ya había pasado antes. Estábamos en un mirador con vistas al río, y la curva del río y la ubicación de la cafetería me resultaban demasiado familiares. Me quedé mirando el agua. No sabía muy bien qué buscaba, pero no lo encontré.

—Siéntate.

Me indicó una silla y entró. Me senté y él volvió con dos vasos y una botella de whisky. Sirvió nuestras bebidas y observé cómo se tensaban sus bíceps bajo la camisa. Cuando terminó, cambié nuestros vasos.

—Tú primero.

Empujé su vaso hacia él. Rompió su expresión solemne con una risa y dio un sorbo. Como no pasó nada, yo también di un sorbo al mío.

—Me pones de buen humor, Nagual. Esto no ocurre a menudo. Puede que hayamos tenido un mejor comienzo que la última vez que viniste. Al menos, eso espero.

—Suena prometedor —contesté con sarcasmo—. ¿Y cuándo fue eso, la última vez que vine? No recuerdo haber estado aquí antes.

—Las Casas del Zodíaco gobiernan Zol Stria, y como tú eres el nagual renacido, eres un activo para ellas.

Mi rostro se quedó impasible. ¿Cómo es que es?

—Sé que Lily te enseñó sobre los diferentes sistemas del zodíaco del mundo. Bueno, las Casas del Zodíaco los supervisan todos y operan bajo un calendario maestro del zodíaco. El calendario maestro dictó cuándo nacerías tú, Sasha Moreno. Al igual que dicta el nacimiento de todos los naguales. Llevas en tu ADN los genes de todos los naguales que te han precedido. Tú, en particular, renaciste 225 años después del último nagual con el que compartes ADN, lo que te convierte en una nagual renacida. Las Casas del Zodíaco se guían por los principios de que cada ser humano es una versión en miniatura del cosmos, y que todo en la naturaleza tiene un paralelo en los seres humanos. Por lo tanto, el universo está vinculado a toda la humanidad a través de un sistema de correlaciones.

Menos mal que tenía el whisky en la mano. Tomé otro sorbo para asimilar toda la información que me estaba dando.

—Ahora me toca hacerte una pregunta —dijo—. ¿Cómo aprendiste ese truco, con mi energía?

—La idea me vino de una visión que tuve. La visión me llegó cuando morí.

Nada de lo que acababa de decir le afectó. Ni siquiera se inmutó. Los humanos normales no actuaban así.

—Oh, así que ya has tenido una Progresión. Sin mi ayuda. Las estrellas te favorecen, sin duda.

A juzgar por la inclinación de su cabeza y la forma en que curvó su boca, parecía al menos un poco impresionado.

—Mi turno —pronuncié—. ¿Qué pasará cuando complete el entrenamiento?

—Te convertirás en una Maestra Nagual y trabajarás para las Fuerzas Arcanas del Zodíaco, los defensores de Zol Stria—. Se recostó en su silla. —He guiado a veinte naguales, y no todos se han convertido en Maestros. Ese fuego que me disparaste está alimentado por el control que has tomado de tu propia oscuridad. Todavía no estás atrayendo la oscuridad que te rodea. Por eso solo tienes un disparo rápido cada vez. Sé que no tienes más que eso.

Se rio entre dientes y se recostó.

Ok, entonces me mangaste en el truco.

—Llegarás a eso —me aseguró—. Pero me sorprende que hayas llegado tan lejos como para controlar tu mente por tu cuenta. Solo recuerdo a otro nagual que lo hiciera sin entrenamiento, hace unos siglos.

Por el rabillo del ojo, percibí la oscuridad que nos rodeaba. Era como si con solo mencionar la niebla oscura y sombría que parecía un abismo sin fin, esta saliera a la superficie.

—Ahora, una vez que aprendas a controlar todo esto —señaló las nubes oscuras que creía que solo yo podía ver— bueno, estoy seguro de que puedes imaginar de lo que serás capaz. Ahora me toca a mí. ¿Quién te hizo eso en el cuello?

Al mencionar mi cuello, este empezó a palpitar.

—Oh—. Me lo toqué y lo froté. —No lo sé. ¿A qué te refieres? ¿Ves algo?

—Sí, hay una concentración de veneno mezclado con hechizos ahí. Un vampiro te ha reclamado como suya —manifestó con gravedad.

—Eso fue el instructor del básico. No te preocupes, lo hice arrestar.

Se rio tan fuerte que se agarró el estómago.

—Claro, seguro. Lo arrestaron—. Se rio un poco más. —Ahora es tu turno.

—¿De qué te ríes?—. Abrí mucho los ojos. —¿No crees que lo arrestaron?

—Quizás al principio, pero estoy seguro de que no duró mucho. No es una amenaza para Zol Stria, o yo lo sabría. Y si no es una amenaza para Zol Stria, es libre de hacer lo que quiera.

Lo miré boquiabierta durante un breve instante.

—Ayúdame a entender algo, si es un vampiro, ¿cómo es que puede salir a plena luz del día? Creía que no podían exponerse a los rayos ultravioleta o algo así.

El chamán respondió: "Los vampiros pueden estar al sol durante las semanas de su signo solar. Y cuando no es así, solo tienen que lanzar un hechizo deflector. Tú también aprenderás a hacerlo. Es una especie de escudo mágico que te protege de cosas a las que tu magia sería vulnerable de otro modo". Asentí con la cabeza, tratando de entender todo aquello.

—Bueno, en ese caso, ¿qué pasa si no quiero convertirme en Guardián? Quiero decir, todo este sistema me parece una estupidez. No quiero volverme "loca" como me dijeron que pasaría, pero no creo que vaya a pasar. He llegado hasta aquí por mí misma. ¿Para qué necesito la Academia?

Ahora tenía un propósito. Por fin pertenecía a algún lugar. Me estaba enamorando perdidamente de Trent. Él me aceptaba tal y como era. Nunca me hacía sentir mal conmigo misma y estaba ahí cuando lo necesitaba. Nunca había sabido lo que era sentirse aceptada hasta ahora, con él. No estaba preparada para dejarlo ir y huir a un entrenamiento sobrenatural en un mundo lleno de monstruos.

—Eso es totalmente cierto —dijo, removiendo su whisky—. Hasta ahora lo has hecho bien por tu cuenta. Aprovecha tus oportunidades. No te unas a la Academia. Vuelve con tu novio y al mundo humano en el que te sientes cómoda. Sería una pena desperdiciar tus dones. Solo estoy aquí sentado, después de haber evitado este papel durante tanto tiempo, por lo que hiciste con mi energía oscura allí en mi tienda. Estoy impresionado, por decir lo menos, y hay más en todo esto de lo que puedas imaginar.

Recordé la visión que había tenido en mi cama del hospital. La lucha, la sangre y la destrucción.

—Ahora que me has encontrado, los hechizos que tenía para ocultar mi ubicación se han debilitado. Estoy obligado por nuestro vínculo a ayudarte—. Suspiró con tristeza. —Es mi maldición.

Capítulo 32

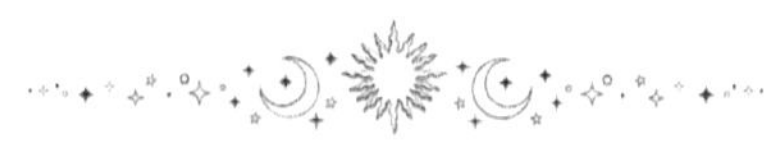

Sus palabras se quedaron suspendidas entre nosotros, tan pesadas que ni el aire se atrevía a moverse.

—Aún no has cambiado a piel de jaguar. Y cuando lo hagas, cuando esa bestia salga de ti, digamos que aún no has visto nada. Sin entrenamiento, la jaguara destrozará a cualquier humano que se cruce en tu camino—. Los ojos del chamán se entrecerraron y su rostro se oscureció aún más. —Niños, bebés, amantes, no le importará. Lo único que quiere es su Primera Sangre. Y hay algo más. Hay escasez de naguales. No sé por qué, pero en cada Tránsito hay menos y menos en el programa.

La visión de la sangre goteando de mis labios y el sabor en mi boca me hicieron salivar. Intenté controlar el temblor de mis huesos mientras una corriente helada los atravesaba.

—¿Cuándo me transformaré?

—Al final de tu Tránsito de la Duodécima Casa, que es justo la semana que viene.

Entonces parecía preocupado por mí, como si aún le quedara un poco de humanidad.

—Por eso los sueños decían que, para entonces, me volvería loca.

—Sí, porque si la oscuridad aún no te ha enloquecido, tu jaguar sin duda lo hará. El primer paso es controlar tus pensamientos. Enhorabuena, lo has conseguido—. Levantó su copa en un saludo burlón. —Esto significa que las estrellas te han concedido la siguiente etapa en tu evolución, que es la transformación. Sin embargo, cuando te transformes, la jaguara tomará el control. Debes transformarte dentro de Zol Stria para poder volver a tu forma humana. Ese es el único lugar donde puedo lanzar mis hechizos de transformación celestial.

Se refería a la jaguara negra en la que me transformaba en mis sueños y visiones. La energía que yo veía claramente y que nadie más veía. El fuego en mis manos. Mis sentidos, velocidad y habilidades mejorados en los ejercicios de entrenamiento de campo. Las piezas comenzaban a encajar.

—Ni siquiera sé tu nombre y llevas tanto tiempo escondido, ¿cómo puedo creerte?

Sabía que tenía que confiar en él por lo que me había dicho la Sasha del futuro, pero quería oírlo de su boca.

—Mis disculpas. Soy Damián, y no importa si me crees. Durante todos estos años, he estado buscando una forma de romper mi vínculo con el nagual, y no la he encontrado. Sin embargo, sigo trabajando en ello. Si te vas, lo cual puedes hacer, no te perseguiré. Prefiero encadenarme a una pared.

Se recostó en su silla y tomó un trago, decidido. Parecía que lo había pensado bien. Me levanté, lista para irme, y fue entonces cuando susurró unas palabras en un idioma desconocido y gutural y puso un cristal largo y puntiagudo de cuarzo rosa sobre la mesa.

—Llévate esto —pronunció.

—¿Qué es?

—Tu cristal de entrenamiento. Te ayudará a canalizar toda la energía de las sombras. Con él, verás el mundo tal y como yo lo veo. Tal y como es en realidad.

—¿Qué quieres decir con tal y como es en realidad?

Me senté de nuevo, llevé el vaso de whisky a los labios y me bebí el resto de un trago.

—Quieres que el mundo sea de una determinada manera, así que eso es lo que ves. Es lo que te han enseñado y lo que les enseñaron a tus padres. Es el encanto que todos los humanos tienen sobre sus ojos. Ahora bien, si canalizas las sombras que te rodean hacia este cristal, podrás vislumbrar el mundo que te está oculto, hasta que ya no necesites el cristal.

—¿Entonces muestra la verdad?

—Bueno, yo no iría tan lejos. Te muestra lo invisible, el mundo de la magia y las estrellas, que no eres capaz de ver debido a tu limitada visión humana. Pero como nagual que no se ha vuelto loca, eres capaz de ver mucho más de lo invisible que los demás. Con esta piedra, puedes usar tus habilidades para acceder a todo el alcance del mundo invisible antes de convertirte en Maestra. Pero no es una piedra de la verdad. Tanto en Zol Stria como aquí, siempre habrá secretos.

Mi mente se dirigió a Trent. Cuanto más hablaba con Damián, más lejos estaba de tener una vida normal con él.

—¿Aún no me crees? —preguntó—. Probémoslo. Sostén el cristal en tu mano derecha y dime qué sientes.

En cuanto lo cogí, la descarga punzante me calentó la palma de la mano.

—Tiene energía.

Levanté la mirada para encontrarme con la suya.

—Sí, ahora solo tienes que canalizar todas esas sombras a través de ahí y dirigirlas hacia el área que quieres exponer.

Casi me echo a reír.

—Espera, ¿ves mis sombras?

—No son tus sombras. Solo son energía. Y sí, veo todo lo que tú ves, y mucho más.

—Un momento, hay criaturas en la niebla oscura que yo veo. Una de ellas me quemó la rodilla y me dejó una cicatriz. ¿Cómo es eso energía?

—Esas bestias son tu camino —respondió—. Durante toda una eternidad, has cazado a los de su especie y los has atrapado. ¿Por qué no iban a intentar impedir que te convirtieras en quien realmente eres? ¿En alguien lo suficientemente poderosa como para detenerlos.

—¿Y cómo se supone que voy a enviar estas sombras a través del cristal?

—¿Cómo has hecho todas las cosas que haces? —respondió a mi pregunta con otra, como solo un maestro podría hacerlo.

Por mucho que quisiera levantarme y alejarme, una parte más profunda de mí se sentía obligada a escuchar. Era la parte de mí que tenía tantas preguntas que necesitaba comprender.

Sostuve el cristal en mi mano y cerré los ojos. Sentía las Sombras constantemente. Siempre estaban ahí, acechando en los rincones oscuros y susurrando sus palabras tenebrosas. Las imaginé uniéndose, entrelazándose y doblándose sobre sí mismas formando un embudo. Cuando abrí los ojos, varios tornados de sombras se habían materializado a mi alrededor.

—Necesitas mis hechizos, Nagual. Por eso estoy aquí. Para enseñarte. Has hecho bien en reunir tus sombras, ahora debes decir las palabras I'ic il taak mientras sostienes el cristal.

—Espera, ¿qué? ¿Qué lengua es esa?

—Es una combinación. Todos mis hechizos usan una combinación de palabras de los idiomas antiguos de esta tierra.

—Entonces, ¿te dan puntos extra por creatividad en la escuela de magia?

Me reí al imaginarlo usando esas palabras en Hogwarts.

Sus labios se crisparon.

—Solo di el cabrón hechizo ya.

¿Estaba conteniendo la risa? Quizás este tipo tenía sentido del humor después de todo. Dije esas tres palabras extrañas, y los tornados de sombras se dirigieron hacia el cristal y se deslizaron dentro de él. No salieron por el otro lado. Nublaban el interior del cristal.

Ok. Soy una dura por haber logrado eso.

—¿Y ahora qué?

—Ahora solo aguarda.

Lo miré entrecerrando los ojos. Como niña con juguete nuevo, quería jugar con él de inmediato. Froté la superficie lisa del mineral nublado entre mi pulgar y mi índice y me pregunté cómo sabía tanto este hombre. Luego lo volví a dejar sobre la mesa.

La mesera, una mujer de unos veinte años con el pelo corto y oscuro y la tez clara, salió del restaurante y nos preguntó si queríamos comer algo. Yo estaba hambrienta, como de costumbre, y pedí un sancocho, al igual que Damián.

—Ahora —articuló Damián con los labios.

Alargué la mano hacia el cristal y lo miré fijamente. No pasó nada. Cuando levanté la vista, la mesera brillaba con un color púrpura sobrenatural. Tenía las orejas ligeramente puntiagudas, el pelo con un tono azulado-púrpura y los ojos brillaban con un color violeta.

—Gracias, Milly —le dijo Damián.

La mesera le guiñó un ojo rápidamente y volvió al interior.

—¿Qué diablos fue eso? —pregunté, atónita.

Capítulo 33

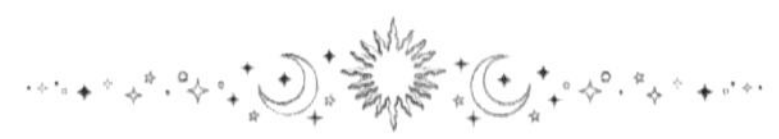

Durante un segundo, pensé que estaba perdiendo la razón. Pero él no parecía sorprendido.

—Oh, esa es Milly —respondió Damián—. Es mitad humana, mitad hada. Solo puedes ver su verdadera forma cuando sostienes el cristal. Su padre es el humano dueño del restaurante. Su madre los abandonó cuando ella era muy pequeña. A las hadas no les gustan los mestizos y nunca la habrían aceptado. Su madre se marchó apenas dio a luz y regresó a su reino oculto. Su padre aún no sabe que su madre era Hada, pero sabe que algo pasa. Milly nunca fue buena en la escuela. Nunca pudo comprender las materias académicas como el resto de los niños. Además, a pesar del encanto que impide a los humanos ver a los seres sobrenaturales de este mundo, él la ha visto hacer cosas extrañas. Levitar sus juguetes cuando era bebé y leer sus pensamientos, por ejemplo —explicó con naturalidad, como si nada de esto fuera extraño—. Ahora tienes el don de ver lo invisible con tu cristal. Adelante, llévatelo. Este cristal te permitirá practicar el control de las Sombras, que son la fuente de tu poder—. Frunció el ceño y se inclinó hacia delante en su silla, apoyando los codos en la mesa. —Debo advertirte. La oscuridad seguirá tentándote. Las Casas de Zol Stria tienen sus propios planes para obtener poder y control. Las casas gobernantes se establecieron hace siglos y hay muchos que las desafían. Personalmente, no soporto la política.

Miré a lo lejos y observé cómo un hombre bajito y fornido empujaba un carrito por la calle. Aun sosteniendo el cristal, entrecerré los ojos con incredulidad al ver que su piel era áspera y verde. Tenía una barbilla extremadamente puntiaguda y orejas alargadas. Negué con la cabeza y solté el cristal, volviéndolo a colocar sobre la mesa.

La mesera nos trajo sancocho acompañado de tostones. Ahora que había soltado el cristal, Milly había vuelto a su forma humana.

El olor del pollo, las verduras y las especias inundó mis sentidos, y me encantó el sabroso sabor que llenaba mi boca con cada cucharada. Después de comer, le hice muchas más preguntas a Damián, y él respondió a todas ellas de manera voluntaria.

—El Decreto no facilita el cambio. Es un derecho reservado solo a unos pocos Maestros Nagual. Has llegado hasta aquí —dijo, sin levantar la mirada de su plato—. Pero créeme, se vuelve mucho más difícil.

Por alguna razón, eso no me intimidó en lo absoluto. De todos modos, no había forma de que volviera a casa. Mis padres no me querían y la mafia había dejado claro que no podía volver con ellos. Trent era todo lo que tenía, pero tal vez esto no significaría el fin de nosotros.

—¿Hay otros naguales allá fuera ahora mismo, pasando las mismas pruebas? —pregunté.

—Sí. Todos forman parte de las Fuerzas Arcanas del Zodíaco. Pero no todos superan el programa. Ahora bien, si lo superas, hay muchas ventajas en convertirse en Maestro. Es una posición honorable entre las Casas, y serás recompensada.

Metió la mano en el bolsillo y colocó una joya transparente sobre la mesa. Tenía que ser el diamante más grande que había visto en mi vida.

—Este es mi segundo regalo para ti. Es un diamante auténtico de ocho quilates que vale unos cincuenta mil dólares. Es tu recompensa por haber llegado hasta aquí. Hay una recompensa económica por cada prueba, y la compensación es cada vez mayor. Confía en mí, niña, la decisión es tuya.

Inclinó la cabeza y parecía ahora un poco más... cooperativo.

—No creo que las Casas se enfaden por mi ausencia —continuó—. Después de ochocientos años de servicio, merecía un descanso. Pero estoy dispuesto a volver y guiarte en tu transformación, porque veo tu potencial para convertirte en Maestra. Y, bueno, quizá tú también puedas ayudarme...

—¿Cómo? —pregunté. A estas alturas, no quedaba mucho por decidir.

Sostuve la joya con delicadeza en la palma de la mano. ¿Era un puesto remunerado? ¿Quién iba a imaginar que ser una jaguara salvaje y cambiapieles que trabajaba para un universo paralelo alucinante me reportaría beneficios económicos? Mierda, mi titi Lily debió haber comenzado por este punto.

Esto cambió las reglas del juego. O sea, apenas ganaba nada en el ejército. Sería estupendo ganar dinero de verdad por una buena vez. Pero en todos mis días de trabajo en Miami, nunca había tocado nada tan caro. Tener algo tan valioso en mi poder me ponía nerviosa. Miré a mi alrededor para ver si alguien me observaba y metí el diamante dentro de mi brasier.

—¿Cómo se supone que va a funcionar esto? O sea, tengo responsabilidades.

Mi entrenamiento para convertirme en SERE. Trent. Mi madre. Mi mejor amiga Nikki. ¿Seguiría pudiendo vivir mi vida? O sea, ¿era esto como un trabajo extra o algo así?

—Vete a casa, Nagual —dijo—. Llévate tu diamante. Relájate. Juega con el cristal que te di. Te enseñaré más hechizos que puedes practicar mientras tanto. Todavía tengo que volver a ponerme en contacto con el comando y hacerles saber que estoy de vuelta en la red.

Milly volvió y nos preguntó si queríamos algo. Damián pidió la cuenta y luego se quedó mirando a lo lejos.

—Tengo la sensación de que no quieres hablar con el comando —verbalicé.

—No importa. Ahora necesito estar solo, por favor.

Hizo un gesto de desprecio con la mano.

—Qué grosero —resoplé.

Él soltó un bufido. Recordé que tenía un diamante de cincuenta mil dólares en el brasier y decidí pasar por alto el comentario.

—¿Cómo te encontraré? —pregunté.

—Ven a mi tienda. Allí me encontrarás —respondió con una voz que cortaba el aire como una cuchilla de acero.

Capítulo 34

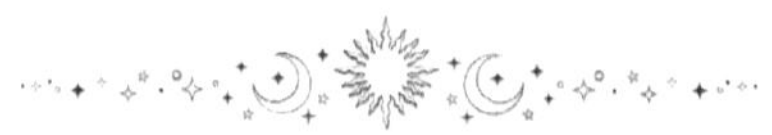

El sol se elevó sobre el horizonte mientras nubes azules y rosadas salpicaban el cielo tenuemente iluminado. Corrí por la pista por última vez antes de que llegara la hora de entrar y volví a pensar en el completo lío mental en el que me había metido Damián.

No habría creído en él si mi vida no hubiera sido ya tan extraña. Pero aunque la mayor parte de lo que había dicho fuera cierto, existía la posibilidad de que no todo lo fuera. Podría estar ocultándome algo. O simplemente diciéndome lo que quería que escuchara, por la razón que fuera.

Trent vino a verme la noche siguiente y me trajo una cena de tacos que había preparado en la cocina comunitaria. Después de comer, me miró con esos ojos azul cristalino y me dijo: "Sasha, no puedo perderte. Nunca he tenido tanto miedo. Al carajo. No vuelvas a morir nunca más".

Me dolía el corazón por él. Nunca en toda mi vida había sentido tanta confianza en otro ser humano. Él estaba ahí para mí siempre que lo necesitaba.

Había diecinueve chicos en este programa y solo una chica. Él iba realmente contra corriente al quedarse a mi lado. Todos los chicos me odiaban por superarles en la cacería, en la lucha e incluso por ser más lista que ellos en nuestros ejercicios. Todos excepto Trent, y él se ganaba muchas críticas por ello. Siempre que podían, lo acosaban como si fuera un novato, lo trataban como extraño y lo criticaban por ser "blando" siempre que podían.

Un día, cuando volvió de correr por la mañana, encontró su uniforme cortado en forma de corazones y esparcido por toda la cama. Otro día, encontró rosas metidas en sus botas. Luego se despertó a las 3:00 a.m. por el olor a perfume de mujer que habían echado por toda su cama y sus pertenencias. Esa noche también habían echado colonia de hombre por todas mis cosas.

Cuando hablé con Trent sobre ello, finalmente me contó cómo le estaban haciendo la vida imposible todos los días. Le decían pendejo y se metía en todo tipo de peleas.

Fue entonces cuando le dije: "Solo diles que solo estás aquí por el sexo, ¿ok? Diles que lo único que quieres es acostarte con alguien. Incluso puedes tratarme como una mierda delante de ellos. Sé que no eres tú, Osito. No podemos ser marginados los dos". Lo decía en serio. "Cuando vayamos a una misión, si no somos una unidad, nos matarán a todos".

—Es demasiado tarde, Sasha. No los soporto.

Una vez más, me había elegido a mí. Aparté mis tacos y me acerqué a él. Le toqué la mejilla y sentí su afilada barba dorada pinchándome la palma de la mano. Me miró a los ojos y yo podría haberme derretido en ese mismo instante. Deslicé mis manos por su pecho firme mientras me sentaba en su regazo. Era honesto, inteligente, guapo, brillante, con el tono justo de sensualidad pecaminosa, y quería demostrarle lo agradecida que estaba de tenerlo a mi lado durante todo esto.

Sus dedos se deslizaron alrededor de mi cintura y me atrajo hacia él. Sus labios rozaron mi mejilla de camino a mi oreja y sentí su cálido aliento en mi piel. Eso provocó un cosquilleo pulsante por todo mi cuerpo.

Se detuvo y dijo: "Tú lo vales, mi amor".

Me derretí en sus brazos y mi mano giró su rostro para encontrar mis labios. Metí mi lengua en su boca y chocó con la suya. Sus labios eran firmes y ansiosos contra los míos, y nos quedamos envueltos en un intercambio eléctrico mientras sus manos se movían arriba y abajo por mi cuerpo. Era lo único que calmaba las vibraciones que me recorrían. El calor entre mis piernas creció y anhelaba con dolor que me tocara allí.

Le desabroché la camisa y se la quité, dejando al descubierto su pecho, sus brazos y sus hombros esculpidos. Todo en él era delgado y firme. Me ayudó a quitarme la camisa por la cabeza y luego sus labios se encontraron con mi cuello, besándome más abajo, en los pechos. Los agarró uno a uno en su boca, primero el izquierdo, luego el derecho, y trabajó con su lengua alrededor del pezón mientras pellizcaba el otro con los dedos.

El calor dentro de mí creció y me punzaba con un deseo ardiente. Gemí con suavidad cuando su mano bajó aún más para acariciarme por fuera de los pantalones. Su erección creció contra mi muslo hasta que sentí que reventaría a través de la tela. Mis manos lo buscaron mientras las suyas me buscaban a mí, y nos empujamos y halamos el uno del otro hasta que nos quedamos completamente desnudos.

Caminó hacia atrás hacia la cama, tirando de mí, y se sentó conmigo delante de él. Mi coño aún vibraba con el deseo de su tacto, su boca en mi pecho y sus manos agarrando mi culo.

Retiró la cara un momento para mirarme y luego dijo esas palabras maravillosamente terribles: "Te amo".

Me quedé paralizada en medio de un jadeo. Antes de que pudiera responder, bajó la mano hasta mi clítoris y lo acarició en círculos. Aumentó lentamente la intensidad de la presión mientras sus dedos bronceados recorrían mi ranura. Jadeé y gemí con un deseo salvaje. Deslizó un dedo dentro y mis ojos se fueron en blanco.

Otro dedo se deslizó en mi calor, y no sirvió para calmar el deseo que se acumulaba en mi hiperactivo chakra sacro. Sentía picazón, dolor y ansiaba sentirlo dentro de mí. Esos dedos eran solo una provocación, un tortuoso preámbulo que me mantenía atrapada en un estado de excitación.

Su boca se movió de nuevo hacia mi pecho y su aliento calentó mi piel mientras su lengua jugaba con mi pezón. Pasó de uno a otro mientras sus dedos seguían deslizándose arriba y abajo dentro de mí. Su otra mano me apretó el culo con tanta fuerza que estaba segura de que me dejaría marca. Quería decirle que parara, que se metiera dentro de mí y me llenara con su miembro, pero no podía articular ni una palabra en ese estado.

Sacó los dedos de mi interior y mi cuerpo tembló por el incesante dolor del deseo. Se me puso la piel de gallina por todo el cuerpo y sentí un cosquilleo por todas partes. Mis ojos se fijaron en su bicho enorme, y su tamaño, aunque ya me resultaba familiar, todavía me sorprendía. Fui a agarrarlo, pero antes de que pudiera hacerlo, él me agarró ambas manos y las apartó.

Me tumbó en la cama y me presionó las manos hacia abajo. Su boca volvió a encontrarse con mi carne, cada vez más abajo, hasta cubrir mi raja con su lengua. Me llevó a un estado de sensación aún mayor.

—Trent —gemí, con la voz quebrada—. Trent...

Grité su nombre aún más fuerte cuando me llevó a un clímax cálido, húmedo y suculento solo con su boca.

Temblaba por todo el cuerpo cuando levantó los labios de mis pliegues y se arrastró para encontrarse conmigo. Podía olerme por todo su cuerpo y sentía como si lo estuviera marcando como mío. Se trepó encima de mí y se introdujo entre mis cálidos labios. Al principio empujó suavemente, pero luego vi ese fuego en sus ojos, la misma determinación que vi cuando competíamos en el entrenamiento de combate.

Lo intentó de nuevo y atravesó la estrechez entre mis piernas para llenarme y llegar a todas las partes de mí que necesitaban sentir dureza. Se balanceaba hacia dentro y hacia fuera mientras sus manos sujetaban las mías. Quería alcanzarlo, sentir sus fuertes músculos de la espalda contra mis palmas, pero él me lo negó. Levantó los labios de mi cuello y me miró feroz a los ojos mientras su fuerza se clavaba en mí una y otra vez.

Cuando se acercó a su clímax, le devolví la mirada y finalmente encontré mi voz, las palabras un gruñido entre gemidos. "Yo también te amo, puñeta".

Se derrumbó sobre mí y me empapé de lo increíblemente bien que se sentía tener su cuerpo firme y sólido descansando sobre el mío.

CAPÍTULO 35

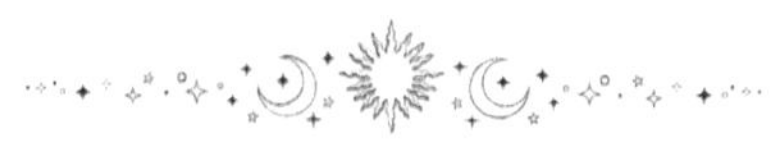

Era el día antes del final del tránsito planetario, y había ido a ver al chamán dos veces esa semana. Me dio más hechizos y me enseñó formas de canalizar las Sombras sin la piedra. Mi fuego duraba ahora unos segundos más, ya que atraía la familiar niebla oscura y la convertía en una poderosa energía propia.

Damián no confiaba en la coronel van Holst. Dijo que ella se había puesto en contacto con él y que estaba ideando una forma de convertirme en una especie de agente doble para que pudiera mantener mi puesto en el ejército sin que me consideraran ausente sin permiso mientras ingresaba en la Academia. Pero a pesar de su sólido plan, él sospechaba corrupción. Yo estaba de acuerdo con él; tampoco confiaba mucho en ella. Especialmente después de que me dijera que Grange sería encarcelado y nunca lo fue.

Cuando le pregunté a Damián qué pensaban sobre su ausencia sin permiso, me dijo que a nadie le importaba. La única razón por la que lo encontré fue porque fui a buscarlo. Dijo que nadie se había puesto en contacto con él y que sabían dónde estaba todo este tiempo. Lo único que hizo fue no reclutarme, y dijo que eso no era un delito. Las únicas razones por las que la Academia se interesó por mí fue porque había marcado a un saltador del velo antes incluso de haber cambiado y van Holst había informado a las Casas del Zodíaco sobre mí.

Los saltadores del velo era como llamaban a cualquiera de las criaturas de las Puertas que violaran los términos del acuerdo mutuo entre nuestros mundos. Le conté a Damián sobre los sueños del zodíaco, las Sombras y que mi Contrato del Alma tenía que cumplirse. Le dije que así era como había sabido de él. Se rió y me dijo que debía de haber alguien al otro lado de las Puertas cuidando de mí. Alguien que pudiera caminar en sueños.

Iba a reunirme con él mañana después del trabajo. La alineación no comenzaría hasta medianoche, así que tenía tiempo de terminar mis asuntos y hacer mi transición a la Academia. Pensaba mucho en Trent todos los días. La idea de dejarlo me estaba destrozando. Él no tenía ni idea de las Puertas, del nagual, de nada. No sabía cómo decírselo sin que pensara que estaba loca. Pero con la coronel tratando de mantenerme en el servicio, pensé que aún no tenía mucho que decirle. Al menos hasta que supiera cuál era el plan. Sin embargo, comenzaba a ponerme nerviosa.

Me ordenaron dejar todo exactamente como estaba. El chamán me dijo que no hiciera maletas, que no me despidiera de nadie, que no actuara como si hoy fuera un día diferente a cualquier otro. Pero ese no sería un día como cualquier otro.

Esa mañana temprano, recibimos la orden de ponernos nuestros uniformes negros. Nos dirigiríamos a una misión de rescate a uno de los campamentos sospechosos del cártel en las montañas. La noche anterior habían secuestrado a la familia de un embajador estadounidense y habíamos recibido información de que los habían llevado al campamento cercano a nuestra ubicación, a la espera de un rescate. Solo nos asignaron a cinco para la misión, para que pudiéramos pasar desapercibidos por las carreteras secundarias.

Nos dividimos en dos todoterrenos de baja gama para no levantar sospechas. Me solté el pelo y lo llevé suelto en el asiento delantero para parecer una local. Trent viajó conmigo junto con nuestro comandante Pérez. Lazear y Mertz viajaron en el otro vehículo. Lazear y su equipo se habían alejado de nosotros desde aquel ejercicio de tortura con agua, pero yo seguía sin poder soportarlo.

Llegamos sin incidentes a las cinco de la mañana a nuestro punto de encuentro, a dos millas de donde se encontraban los cautivos. Escondimos nuestros todoterrenos entre la maleza y nos aseguramos de que no nos siguieran. Recorrimos el resto del camino a pie en la oscuridad, ya que el sol seguía oculto tras el horizonte. No había mucha información sobre este lugar, solo que era una gran finca propiedad del hermano de un político prominente. Parecía una hacienda extensa enclavada en un valle y rodeada de tierras de cultivo. Los cultivos preferidos eran la coca y el opio.

Según las imágenes satelitales, parecía que tenían a la familia retenida en los establos, pero esos informes aún no se habían confirmado. Siguiendo el protocolo, nos dividimos en equipos y llevamos a cabo una hora de vigilancia. Nos reunimos de nuevo e intercambiamos notas, con cuidado de no hablar por radio por si captaban nuestra frecuencia. Aunque teníamos transmisiones crípticas, no nos preocupaba tanto que nos entendieran, sino que nos detectaran.

El otro equipo dijo que había detectado actividad en el extremo más alejado de los establos, la parte más grande del edificio. Pérez nos ordenó a los tres que escaláramos el muro y rodeáramos los establos, mientras los demás se quedaban atrás para entrar cuando les diéramos la señal, con un SERE cubriéndonos cuando saliéramos con los cinco rehenes. Parecía un plan infalible, hasta que todo salió terriblemente mal.

Trent, Miguel y yo formábamos el equipo de entrada. Como oficial de entrada, Trent nos guio en silencio y control. Justo antes de escalar la valla, le dije: "Vamos a joder al resto del equipo no muriendo en esta misión".

Él se rio y luego entrecerró los ojos. "Todavía es demasiado pronto, Sasha".

Me encogí de hombros y me reí mientras me subía y saltaba.

Nos acercamos al establo cuando aún estaba oscuro. Por suerte, no había perros guardianes en esta parte del patio. No me hubiera gustado tener que matar a un perro para no delatar nuestra cubierta. A medida que nos acercábamos, me di cuenta de lo grande que era el establo. Era más como una segunda casa, pero para caballos. Había varias habitaciones y todo tipo de lugares donde podía estar la familia.

Miramos por las ventanas y las habitaciones estaban bien amuebladas, limpias y cuidadas. A mí me pareció un club de campo. Aunque no vi ninguna suciedad, había algo más, algo mucho peor. La energía de las sombras se aferraba a las paredes.

Una sombra familiar, oscura y seductora, que dominaba mis sentidos se elevó del suelo y se arremolinó en una densa niebla a nuestro alrededor.

Ahora que me encontraba entre las astillas de oscuridad, dejé que las sombras entraran en mí y las llamé con los sonidos que Damián me había enseñado.

"I'ic il taak", dije en un susurro tan bajo que nadie más pudo oírme. Este era el hechizo que Damián me había enseñado para atraer la energía oscura. Me dijo que no estaba preparada para usarlo sin su supervisión, pero tenía que hacerlo. Conocía esa energía. Era un depredador. Un enemigo. Mis instintos estaban en alerta máxima y sabía que necesitaba todo el arsenal a mi disposición.

Las sombras me rodearon, conectándose a mi piel, pulsando y cargándose como pequeños rayos de electricidad que recorrían todo mi cuerpo. Mi pecho se llenó de su punzante tormento. Mi mente permaneció concentrada en el presente mientras mi cuerpo era consumido, y esta vez, ni siquiera sentí el más mínimo miedo. Pero debería haberlo sentido.

Observé cómo Trent, justo delante de mí, miraba por una ventana. Sostuve mi rifle, alerta y buscando, y fue entonces cuando lo vi acercarse. Cuando sus ojos se encontraron con los míos, sus labios se curvaron hacia arriba con astucia. Quería gritar, pero lo único que salió fue una protesta ahogada, ya que una tensión invisible me oprimía la garganta. No podía respirar, no podía moverme aunque quisiera, y mi rifle se me resbaló entre los dedos.

Los ojos de Trent se encendieron de furia cuando él y Miguel dispararon a mi antiguo instructor, Michael Grange, pero las balas se encontraron con un escudo invisible y cayeron al suelo.

Capítulo 36

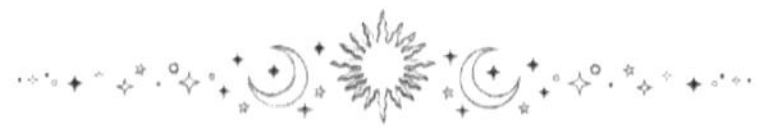

Con un ligero gesto, Grange hizo alguna locura mágica y arrojó las armas de las manos de Trent y Miguel al suelo.

—Parece que tenemos visitas —dijo.

Me miró fijamente mientras yo seguía ahogándome, de rodillas y con los brazos echados hacia atrás. Debía de parecer una perfecta idiota con la boca abierta y los ojos desorbitados.

—Ahora vengan conmigo, chicos, o la estrangulo hasta matarla. Sería una pena, ya que tenía muchas ganas de volver a saborear su sangre caliente.

Mi cara se puso roja. La falta de aire en mi cerebro me impedía usar mi fuego o canalizar las Sombras de ninguna manera.

Trent y Miguel se volvieron resentidos para seguirlo, Trent con el ceño fruncido y rayos negros saliendo de sus centros de energía. Cuando se dispusieron a marcharse, Grange aflojó su agarre lo suficiente como para que pudiera respirar profundamente dos veces, y luego volvió a sujetarme. Nos empujó al interior de una gran sala elegantemente decorada con muebles de caoba pulida y acabados de terracota. Al entrar, descubrimos a Lazear y Mertz en uno de los sofás, con los ojos desorbitados y sentados inmóviles, y a una mujer con las palmas abiertas frente a ellos.

La mujer tenía el pelo largo y espeso, de color rojo, que le llegaba hasta la cintura. Llevaba pantalones de cuero negros, botas altas con tacón y un top blanco sin mangas con un escote pronunciado. Sus colmillos sobresalían de su boca y sus ojos eran de un brillante color verde esmeralda.

Grange hizo un gesto a Trent y Miguel para que se unieran a los demás en el sofá. Trent protestó y Grange me apretó el cuello con más fuerza. Mis manos se liberaron de su brujería y al instante las puse alrededor de mi cuello y me desplomé en el suelo. Vi manchas negras frente a mis ojos y sentí que perdía el conocimiento. Trent se obligó a sentarse en el sofá y Grange soltó mi cuello.

—Todavía no estoy seguro de lo que eres, reina de belleza, pero voy a averiguarlo. Ahora manejemos esto como adultos.

Se colocó delante de mí. Cuanto más se acercaba, más se encendía mi interior, mi cuerpo listo para traicionarme en un instante. Quería agarrarlo, atraerlo hacia mí y sentir sus manos por todo mi cuerpo. Mi cuello palpitaba donde me había mordido una vez, y ansiaba que lo volviera a hacer.

Pero me negué a ceder a esos impulsos. Damián me había advertido que las criaturas de las Puertas podían lanzar sus propios encantos, y que tendría que aprender mis propios contrahechizos antes de que me afectaran. Bueno, me afectaron.

—Creí que te habían prohibido volver aquí.

Las palabras salieron a trompicones con el mínimo aliento que me quedaba en los pulmones. Grange se acercó a mí y ahora parecía aún más alto que nunca. Sus hombros eran más anchos y sus ojos profundos y oscuros tenían un encanto aún más poderoso.

—Qué adorable, de verdad —sus dedos rozaron mi mandíbula y mis brazos permanecieron inmóviles a los lados, incapaces de moverse—. A las Casas les importo una mierda. Soy uno de los buenos. Lo único que hiciste fue alertarlos de quién eras al intentar acabar conmigo, y ahora te he encontrado. En los dormitorios, cuando te mordí, te inyecté veneno que te marcó como mi fuente de alimento. Puedo rastrearte en cualquier lugar. Y eso me trajo aquí, a este hermoso país. El cártel me recibió con los brazos abiertos una vez que acabé con su competencia, y desde entonces he estado aquí perfeccionando mis hechizos. De hecho, secuestramos a esa simpática familia estadounidense. Pero esta mañana los liberaremos por nuestra propia voluntad, y ustedes seis desaparecerán en un extraño accidente en una de las cordilleras.

—Pero la coronel van Holst dijo que tú estarías...

No sé por qué intenté explicarle nada a este monstruo.

Me apretó los pulmones con tanta fuerza que apenas podía respirar. Luego me soltó solo para inclinarme el cuello hacia un lado y clavarme profundamente los colmillos en la carne, haciendo que mi sangre espesa y cálida fluyera hacia su boca.

Lo que más odiaba de todo esto era lo mucho que lo disfrutaba. Era como si ansiara sentir su piel sobre la mía, sus labios en mi cuello y su cuerpo junto al mío.

Cuando terminó, me dejé caer sobre él. Le rodeé la cintura con un brazo y con el otro le agarré el bíceps duro para mantener el equilibrio. Le miré a los ojos. Incapaz de resistirme, separé los labios y levanté la barbilla, abriéndome a él.

Sus ojos profundos y oscuros, como los de un dios, se clavaron en los míos y se encendió un fuego en ellos. Me aparté, pero él movió una mano para agarrarme por la espalda y puso la otra en mi cintura. Se inclinó para besarme, un beso largo, duro y exigente. Sus afilados dientes rozaron mi lengua y mis labios, y sentí un dolor punzante. Su mano se posó en la parte posterior de mi cabeza y me tiró del pelo con posesividad.

—Te lo dije, eres mía.

¿Cómo demonios se había vuelto tan poderoso? Me soltó y yo necesitaba más de él. Mis manos se aferraron a su camisa negra abotonada y me aferré a él. Sus dedos se deslizaron por mi cara y se posaron en mi cuello. La carga de nuestra conexión volvió a recorrerme.

No me importaba dónde estaba, quién era o qué hacía allí. Lo único que quería era a él. Me dio la vuelta y me empujó contra la pared.

—Si soy sincero, a mí también me cuesta resistirme a ti —susurró con aliento cálido en mi cuello, haciendo que mi piel vibrara de deseo—. Ya debería haberte matado.

Deslizó los dedos entre mis pechos y alrededor de mi espalda. Con su mano, me agarró el culo con fuerza. "Pero tu sabor...". Su voz se apagó y volvió a perforar mi piel con sus colmillos.

Mi sangre se calentó bajo el pinchazo de sus dientes, concentrándose entre mis piernas. Cualquier pensamiento fue engullido por la oscuridad que invadía mi mente. Volvió a beber largamente de mi sangre. Un gemido bajo salió de mi boca mientras el calor de nuestro abrazo recorría mi cuerpo.

—Sasha, no.

La voz de Trent sonaba lejana. Mi mente estaba tan confusa. Tan nublada. Pero lo oí, en algún lugar lejano.

Empujé el pecho de Grange sin ganas, sin querer realmente que se detuviera. Pero entonces me acordé de Trent. Me llamó de nuevo.

Espera. Solo espera. Este tipo es un monstruo. ¿Qué te pasa? Oí una vocecita susurrar estos pensamientos mientras luchaba por alejarme de él.

—Reina de belleza, has atraído a las Sombras hacia ti—. Su voz cargaba un tono divertido. —Puedo saborearlo en tu sangre. Pero no tienes ni idea de lo que estás haciendo.

Se rio como solo un hombre que controla por completo su caos podría hacerlo.

No había mirado a Trent hasta ese momento, y nunca hubiera imaginado ver tanto dolor consumir a una persona. Él es a quien amas.

Trent me miró con repugnancia, incredulidad, y unos destellos ardientes de negro y rojo salieron de su centro con una intensidad que nunca había visto en él. Tenía los puños a los lados y la mandíbula apretada.

—¿Cómo pudiste? —exigió.

Los demás me miraban, igualmente confundidos.

—¡No es lo que piensas, Trent! Te lo prometo, él... Él tiene control sobre mí.

Era demasiado difícil de explicar ahora. Él no podía entender nada de esto. Si fuera la primera vez que lo viera, yo tampoco me lo creería.

—Por favor, créeme, Osito —fue todo lo que pude decir antes de que Grange se cerniera sobre mí una vez más, apretando mi pecho y atrayéndome con su presencia.

—Tú, aún no he terminado contigo —dijo, su mano en mi cintura apretándose con más fuerza—. Vamos a ir a una de estas habitaciones y tendré el placer de follarte toda la noche. Considera esto como venganza por colar esa grabadora en mi oficina —continuó, esbozándole una sonrisa burlona a Trent—. Sabía que eras tú, Trent Baine, así que le dejaré el resto de ustedes a Solana. Ella tiene una imaginación bastante salvaje.

Sus labios se curvaron en una sonrisa maliciosa, al igual que los de ella.

—He estado deseando a un hombre de uniforme, y ahora tengo a cuatro de ustedes para mí sola —dijo, pasando las manos por encima de ellos y mordiéndose el labio inferior.

Se recostaron en sus asientos, y sus expresiones pasaron de la sorpresa a la lujuria en cuestión de segundos. Me pregunté qué iba a hacer con ellos. ¿Cuatro chicos a la vez? Ella leyó mi mente.

—Probablemente tus amigos disfrutarán esto más de lo que crees, Sasha. Deberías probarlo alguna vez. Cuatro es el número perfecto.

Ella se rio y se sentó en el regazo de Lazear. Las manos de él se dirigieron directamente a sus pechos, y ella las apartó de un manotazo. "Ah, no tan rápido. Esto es según mis condiciones". Le agarró la mano para que se levantara. "Ustedes vengan conmigo. Dejemos al trío un poco de intimidad.

Salieron de la habitación de buen grado, con sonrisas juguetonas en sus rostros y empujones entre ellos mientras caminaban por un largo pasillo hacia la parte trasera del establo.

Volví a centrar mi atención en Trent. Estaba taciturno, con la ira ardiendo dentro y alrededor de él, y Grange lo estaba absorbiendo todo. La energía de Trent creció y se rebeló, formando una nube de energía ardiente, negra y roja, en su centro. ¿Sería suficiente para romper el hechizo de Grange?

Trent se abalanzó sobre él como un carnero de Aries, tomando a Grange por sorpresa y desequilibrándolo.

Esa breve liberación del control de Grange sobre mí fue todo lo que necesitaba para absorber cada pedacito de oscuridad de la habitación y canalizarlo hacia mi interior. Grange recuperó el control de su poder y lanzó a Trent contra la mesa de café, rompiéndola en pedazos e inmovilizándolo. Él seguía muy consciente, pero no podía moverse.

Yo, sin embargo, me había llenado de tantas sombras que no sabía qué hacer. Estaban apoderándose de mis sentidos y llenando cada grieta de mi cuerpo con la plaga aullante de la energía de las sombras. Me inundaban con tanto poder que no tenía forma de canalizarlo ni de liberarlo. Presionaba dolorosamente contra mi piel desde dentro hacia fuera, como si fuera a explotar en un instante o a combustionar. Estaba tan perdida que no sabía qué coño estaba haciendo.

Intenté recordar los hechizos que Damián me había enseñado o aferrarme a cualquier cosa que pudiera ayudarme a controlar este dominio arremolinado de oscuridad, pero fue inútil. Mi mente había perdido el control y nada tenía sentido.

Lo último que recordé fue la cara divertida de Grange mientras me veía caer de rodillas al suelo, agarrándome la cabeza con dolor mientras convulsionaba. Imaginé que parecía que estaba teniendo algún tipo de ataque. Fue entonces cuando la bestia incontrolable rugió dentro de mí.

Su oscura presencia me consumió. Se apoderó de mi mente antes de apoderarse de mi cuerpo y envió mensajes completamente incomprensibles a través de mi columna vertebral hasta la punta de mis dedos de las manos y los pies. Las instrucciones eran directas, imperativas y precisas, y yo no tenía ni idea de qué eran, pero sabía que ella había tomado el control.

Capítulo 37

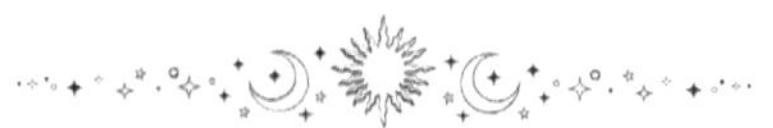

La Jaguara

El dolor que recorría mi cuerpo era el más intenso que jamás había sentido. Era indescriptible, me atravesaba cada centímetro de carne. Escuché crujidos. Sentí tirones, estiramientos y un desgarre salvaje de mi carne y mis huesos, todo al mismo tiempo.

El proceso fue rápido, y mi ropa se hizo jirones al caer del espeso pelaje negro que cubría mi cuerpo. Miré mis brazos: ahora eran las dos delanteras de mis cuatro musculosas y enormes patas.

Mi mente se escapó de mi control y no era más que el eco de un observador detrás de los ojos de una bestia salvaje. Pero yo conocía a esta bestia. Había visitado mis sueños y había mantenido un control tranquilo del caos que la rodeaba en todo momento. Era calculadora, decidida y libre de las emociones y el trauma del mundo de Sasha.

—El gato ha salido a jugar —se burló Grange.

Me sorprendió mucho ver que sus ojos brillaban de miedo. No se lo esperaba, pensé mientras mi jaguara caminaba de un lado a otro. ¡Puñeta, yo tampoco me lo esperaba! Se suponía que no debía transformarme hasta el ritual de esta noche.

Mi jaguara se volvió hacia Trent, que estaba en el suelo, y le envié un mensaje contundente a la mente compartida de la jaguara: A él no. Se volvió hacia Grange y gruñó mientras él hacía varios gestos con las manos que no tenían ningún efecto sobre nosotros. Mientras Grange concentraba su energía mágica, Trent se levantó del suelo y se abalanzó sobre él una vez más, empujándolo apenas a un lado.

Mi jaguara parecía confundida en cuanto a quién era el malo, y se abalanzó sobre los dos, lista para destrozarlos a ambos.

¡No! Grité. ¡A Trent no!

No pude evitar lo que sucedió a continuación. Mi jaguara gruñó y mordió mientras Trent retrocedía, acobardado por el monstruo en el que me había convertido. Sentí sangre en las patas del felino y la camisa de Trent manchada por donde mi jaguara lo había arañado.

En ese momento, Grange corrió hacia la puerta.

¡Él! Grité. ¡Persíguelo!

Mi jaguara apartó la mirada de Trent y miró a Grange. Vi una expresión nerviosa desconocida en el rostro del vampiro. Era la primera vez que lo veía asustado. Se movió para abrir la puerta con movimientos lentos y calculados, pero cuando se dio cuenta de que mi jaguara lo observaba, levantó la mano como para intentar algún hechizo y no pasó nada. Ni siquiera una brisa. A mi jaguara no pareció gustarle lo que intentó hacer y se abalanzó sobre él, empujando con sus enormes patas el pecho de Trent mientras saltaba. Él soltó un gemido y una tos antes de caer al suelo.

Sus patas alcanzaron la espalda de Grange tras dos rápidos saltos sobre los muebles y lo tiraron al suelo. Lo inmovilizó contra el piso y hundió sus dientes afilados como dagas en su frágil piel. Oí el crujido y el desgarro de su carne y sentí cómo la sangre cubría los dientes de mi jaguara de la forma más deliciosa. Creo que nunca había probado nada tan satisfactorio. Era absolutamente adictivo cómo llenaba mis sentidos de veneno, sensaciones y sabores deliciosos.

Mientras estaba absorta en la sobrecarga de sensaciones, mi jaguara no perdió el ritmo desgarrando, masticando y arañando a la bestia que era Grange. Solo tardó unos segundos y, cuando nos dimos la vuelta, Trent sostenía un rifle.

Lo apuntaba lejos de mí, hacia el pasillo, como si esperara que Solana saliera corriendo por él. Manteniendo su posición fija en el pasillo, miró a Grange. La cabeza, el cuello y la parte superior del cuerpo del instructor eran un desastre destrozado, y el estómago de la jaguara se sentía lleno y cálido. Ella le gruñó a Trent, aún desconfiada mientras se agachaba, lista para saltar.

—Sasha, si estás ahí, vete —dijo Trent—. Ahora mismo, corre antes de que esa perra loca salga aquí.

A mi jaguara no pareció gustarle su tono. Gruñó y rugió, ignorando mis súplicas de que lo dejara en paz.

¿Había provocado yo esto? Podía sentir los instintos defensivos de la bestia. Se sentía amenazada por él, los pelos de la nuca se le erizaron.

Trent se volvió y apuntó con el rifle hacia mí. Hacia nosotros.

Esta vez, en lugar de gritar, intenté conectar mis pensamientos con la mente de la jaguara. En lugar de decirle a mi jaguara que corriera, tiré de los músculos de la criatura como si fueran míos. Lentamente, la jaguara retrocedió, obedeciendo mi orden.

Buscó la puerta y, de nuevo, la empujé hacia la que recordaba haber atravesado. Se abalanzó contra esta y la abrió de un golpe con un estruendo. La jaguara debía de ser el doble de grande que cualquier jaguara que hubiera visto jamás y estaba hecha de puro músculo.

No tuve oportunidad de despedirme ni siquiera de echar un último vistazo a la única persona en este mundo por la que valía la pena luchar. En cambio, fui arrastrada por esta poderosa criatura. Las estrellas lo mantienen a salvo.

Mi jaguara corría tan rápido que no podía ver pasar los árboles ni los arbustos. Eran solo un largo destello. Pero al menos podía decir que el sol estaba saliendo en el horizonte, porque el cielo era varios tonos más claro. A unos cientos de metros delante de nosotras había una luz púrpura intensa que coincidía con mi aura. Era muy parecida a la luz de mi experiencia cercana a la muerte. Tanto la felina como yo nos sentimos atraídas por ella. Seguimos corriendo, libres y salvajes, mientras el viento se apartaba y el aire fluía a nuestro alrededor.

La luz índigo brillaba desde el interior de una cueva en la ladera de una colina rocosa. En las rocas que rodeaban la entrada había grabados antiguos: espirales, bestias con colmillos y una marca índigo pulsante que me resultaba muy familiar. Mi gata salvaje redujo la velocidad y avanzó con cautela. La luz de la cueva me resultaba familiar de alguna manera. El resplandor conocido se hizo más brillante a medida que nos acercábamos a las rocas y piedras de la entrada de la cueva.

Dentro de la cueva, sentí otra presencia. Mi jaguara también la sintió y rápidamente escudriñó el espacio oscuro con sus brillantes ojos esmeralda. Allí, en el centro de la cueva, estaba Damián. Vestía como si acabara de salir de una sesión fotográfica para la revista GQ, con un suéter beige de cuello redondo, pantalones beige de diseñador y tenis negras. Dominaba la cueva con los brazos abiertos, rodeado por una niebla púrpura y negra en perpetuo movimiento.

—Ka nu cha'il —dijo con una voz grave que resonó en su pecho.

De repente, nos encontramos de nuevo en la Plaza de Armas, en Puerto Rico. Un lugar de antiguas batallas, pero un lugar en el que una parte de mí confiaba para formar parte de mi legado y ahora, parte de mi destino.

Pero entonces me di cuenta de que eso significaba que estaba a kilómetros de distancia de Trent. ¿Cómo podría ayudarle ahora?

En la plaza árida, el sol ardía contra mi piel. Tanto la jaguara como yo nos agachamos cuando vimos un enorme arco carmesí elevarse ante nosotros, flanqueado a ambos lados por nada más que cielo y océano. Llamas rojas, rosas y negras parpadeaban salvajes a lo largo del arco curvo a seiscientos pies por encima de mí. El suelo se movió, no físicamente, sino en su energía. Desde la base del arco apareció un puente, como si lo hubieran invocado fuerzas cósmicas demasiado grandiosas para mi comprensión. Mi jaguara inclinó la cabeza por instinto, como en señal de reverencia. Como si supiera que era por eso que estaba allí.

—Te has transformado antes de tiempo—. La voz aguda de Damián irrumpió en mis pensamientos, sacándome de mi ensimismamiento. —Debes haber desencadenado el cambio al invocar a las Sombras cuando se acercaba la alineación. Ahora tenemos que hacerte cruzar la Puerta para que puedas volver a tu forma humana, o piel Zol, como la llamamos al otro lado. Esta es tu Puerta de Aries. La primera vez que la cruces debe ser bajo tu constelación. Solo puedes cruzar con mis hechizos, así que haz que tu jaguara me escuche y deje de gruñir.

Claro, sí. Controla a esta bestia monstruosa de mente propia. Yo solo estaba allí para acompañarte, imbécil. Mi jaguara gruñó más fuerte y le mostró sus letales colmillos a Damián. Había un instinto, una certeza de que mi jaguara estaba tras él por algo.

¡Tienes razón! ¿Cómo no me di cuenta?

—Mira, sé que te preguntas cómo te encontré —dijo Damián, retrocediendo—. Era extraño verlo tan asustado. ¡Me tenía miedo! Quizás sus hechizos no funcionaban conmigo en esta forma, al igual que los de Grange.

Quizás por eso los naguales fueron elegidos como defensores. Porque éramos inmunes a los hechizos de lo sobrenatural. —Te sentí. Después de que me encontraras, nuestro vínculo creció y puedo sentir lo que te pasa. Supe que estabas en peligro en el momento en que él empezó a estrangularte con su magia. ¡Créeme! No soy como él. No te haría daño. Estoy aquí para ayudarte—. Tenía los ojos muy abiertos por el miedo, pero su voz seguía siendo tranquila. —Te traje aquí con un hechizo de teletransportación. Eso es todo.

Había pasado por muchas confrontaciones en sus muchos siglos en la Tierra. Esperaba que fuera convincente, pero ahora me preguntaba si podíamos confiar en él. El Comando Celestial Conjunto, las Fuerzas Arcanas del Zodíaco y los cargos presentados contra Grange de los que me había hablado van Holst podían ser todo mentira. Especialmente después de que el Comando dejara salir al mundo a un monstruo como él. No estaba dispuesta a confiar en nadie, excepto en Trent.

—Sasha, parece que tienes dos opciones claras ante ti —dijo Damián—. Ahora escúchame. O cruzas esta puerta conmigo ahora mismo para que puedas volverte en humana al otro lado, o puedes quedarte en tu forma de jaguara para siempre. Depende de ti, pero decide rápido porque tienes que volver a transformarte antes de que termine el Tránsito.

Mi jaguara dejó de gruñir, las olas dejaron de romper y el viento dejó de soplar. Mi jaguara me permitió entrar en su mente visceral y me dio acceso a la inteligencia que habitaba en su interior.

Capítulo 38

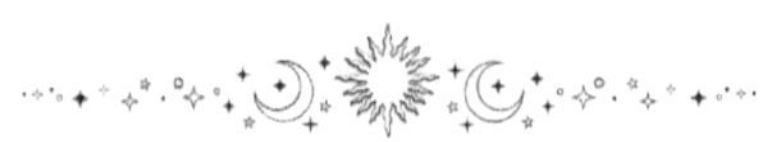

No se trataba de una mente lingüística. Era una mente sensorial e instintiva.

Ella olía el miedo del chamán como olía los peces en el océano que nos rodeaba. Para mi negra jaguara era lo mismo, y ella quería que yo también sintiera su miedo. El suyo era un miedo por mí, no hacia mí. Este tipo de miedo se clasificaba de forma diferente en su corteza cerebral. Dejamos escapar un gruñido grave que retumbó en nuestro pecho mientras trabajábamos juntas para procesar lo que significaba para nosotras ese sabor particular del miedo.

Intenté comunicarle mi comprensión a través del mismo proceso sensorial que ella estaba compartiendo conmigo. Ella confiaba en mí lo suficiente como para dejarme entrar, y no la defraudaría.

Intenté mostrarle a la jaguara que él tenía miedo de lo que me pasaría si me quedaba atrapada en esta forma felina para siempre. Pero mis esfuerzos fueron débiles, en el mejor de los casos, porque otra parte de mí seguía sin confiar en este chamán que me había abandonado y me había puesto en esta situación al no estar presente en primer lugar. Especialmente después de que van Holst prometiera que no se permitiría a Grange volver a este lado de las Puertas.

Ahora no podía confiar en nadie.

No habría podido superar esto si no lo hubiera visto como lo veía mi jaguara, protector y nada amenazante, allí de pie con los brazos abiertos y una mirada de desesperación en el rostro. Y, por supuesto, estaba la Sasha del futuro, que me había dicho que tenía que ir con él al otro lado.

Si no podía confiar en nadie más, eso significaba que tenía que confiar en mí misma.

—Mira, siento no haber estado ahí para ti antes —dijo Damián—. He estado lidiando con mis propios problemas y, sinceramente, nunca pensé que llegarías tan lejos. Desde que Lily murió, me convencí de que no podía seguir con esto. Pero entonces apareciste en mi tienda y vi tanto de ella en ti...

Fue como si me hubiera atropellado un Mack. ¡Él conocía a Lily!

La jaguara sintió mi indignación y saltó sobre él, tirándolo al suelo. Lanzó un rugido ensordecedor y mostró los dientes a pocos centímetros de su cara.

—Sí, conocía a Lily —gritó Damián. Apartó la cara de los afilados dientes de mi jaguara, su fría compostura completamente rota por el peso de la bestia sobre él—. Cuando fui a buscarte, la encontré. Era tu guardiana del zodíaco y nos enamoramos. No debíamos hacerlo, por supuesto. Ella estaba casada, pero él no la entendía. Ella no era feliz. Entonces su avión se estrelló, y todavía no sé quién lo hizo ni por qué, pero sé que fue planificado. Tienes que entender que, después de servir a las Casas durante siglos como inmortal, ella era todo lo que yo podía desear. ¡Estaba dispuesto a convertirme en mortal por ella! He estado buscando respuestas sobre su muerte todos estos años. Hasta ahora, llegar tan cerca ha sido mi única pista.

En ese momento, solo podía pensar en mi amor por Lily. Luego, mi mente se centró en mi amor por Trent y en cómo lo había abandonado. Tenía que volver con él de alguna manera, para asegurarme de que estuviera bien y de que hubiera sobrevivido.

—Cruza la Puerta conmigo ahora, vuelve a tu forma humana al otro lado y te prometo que lo resolveremos juntos.

Sus ojos me suplicaban. La gata salvaje quería atacarlo, pero me contuve. Un fuerte rugido escapó de su garganta y sacudió las rocas del acantilado que nos rodeaba. Pero se apartó de él y el pelaje de la parte posterior de su cabeza se alisó. Lo seguiría a través de la Puerta.

Damián se puso de pie y se sacudió el polvo. Aunque normalmente parecía tranquilo y sereno, mi jaguara olfateó la profunda depresión que había estado ocultando detrás de su fría personalidad de chamán. Mi jaguara supo antes que yo que él todavía estaba dolido por la pérdida de Lily, hacía más de doce años. Lo entendía perfectamente; yo también la echaba de menos de una forma que me hacía llorar de dolor. Tenía que evitar que ese sentimiento me desgarrara el alma de manera irremediable.

Lo seguimos hasta el lado oeste del tejado. El tejado terminaba al final del enorme arco, y más allá solo se extendía el océano. No había ninguna pasarela, puente o camino visible que condujera a esa cosa.

La jaguara observó al chamán, esperando.

—Xe ki haaaaa —dijo, agitando las manos hacia la abertura.

Mi mirada se desplazó de él al océano y volvió a él. No pasaba nada. No podía hablar en forma de jaguara, pero me moría de ganas de decir: "¿A qué esperas?".

Finalmente, apareció una puerta dentro del amplio arco. Era de metal y tenía grabadas escenas de guerra, como el resto de la estructura. De la nada, apareció una pasarela de piedra bajo la puerta abierta, y un hombre nos esperaba con una ornamentada armadura.

No era como las voluminosas armaduras metálicas de las películas históricas, sino más elegante que ninguna otra que hubiera visto jamás. Hecha de un material negro y brillante, tenía grabados antiguos símbolos de Ares, el dios de la guerra. El hombre era enorme, musculoso, con la piel de ébano y rasgos afilados e intimidantes.

Nos estudió brevemente antes de pasar la mano por el centro del corazón de Damián, escaneándolo. Hizo lo mismo conmigo, luego se hizo a un lado y nos dejó entrar.

———— ·✦· ————

Sigue leyendo para un avance del Libro II, Zodíaco: Caos.

HOLA. SOY YO, SASHA.

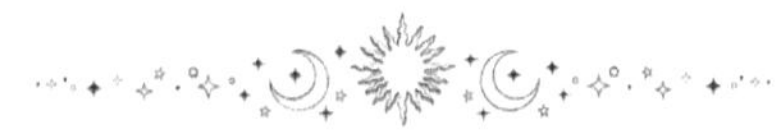

Me adueñé del Epílogo de R.C. Luna porque ella no te lo va a decir, pero yo sí. Ella necesita tu reseña pa' que más gente se entere de sus libros. Así que, si disfrutaste este, y quieres ayudar a que más personas lo descubran, dale cariño dejando una reseña en Amazon, Shopify, TikTok Shop, Bookbub y/o Goodreads. Créeme, hace toda la diferencia en el mundo.

Apúntate a su newsletter en **www.rcluna.com** pa' recibir noticias y actualizaciones de sus libros.

Ahora me tengo que ir. Me espera un montón de mierda con la que me voy a meter. Ni te imaginas. Esto fue solo el comienzo.

Besitos,

Sasha

El Zodiaco: El Caos

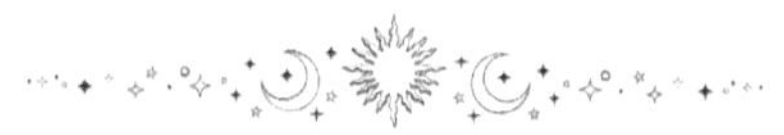

Sasha

Ahora, en el cuerpo de una enorme y letal jaguara negra, intenté mirar hacia atrás, pero no pude mover la cabeza de la criatura. Segundos más tarde, la criatura miró lentamente hacia atrás, hacia la gran puerta de hierro adornada con escenas de batalla. Acabábamos de entrar en el enorme recinto y en un reino completamente nuevo. La puerta se cerró con un ruido metálico. Dos soldados vestidos con equipo táctico negro, cada uno con dos espadas atadas a la espalda, se colocaron a ambos flancos.

El chamán, de una belleza ruda, que me abandonó toda mi vida, Damián y mi jaguara caminaban por un sendero de piedra rodeado de un exuberante paisaje de montañas, colinas y valles. Todo se parecía mucho a los lugares que yo conocía. Algunas de las montañas tenían nieve en sus cimas, y grandes y magníficas casas salpicaban las laderas. El sol brillaba con la misma intensidad que al otro lado de la Puerta de Aries, y la forma de las nubes también era exactamente la misma. Sin embargo, algo no encajaba. Estábamos caminando donde antes estaba el océano. Y cuando la jaguara miró hacia atrás, hacia la puerta, vi el océano donde antes estaba la tierra. ¿Aquí la tierra y el océano están invertidos?

El camino nos llevó a través de un pueblo, y Damián recorrió los pasadizos con destreza, como si lo hubiera hecho un millón de veces. La gente seguía con sus quehaceres a nuestro alrededor, y varios de ellos nos lanzaban miradas furtivas. No me miraban a mí, como yo bien sabía, sino a una felina de gran tamaño que merodeaba junto a un hombre alto y de aspecto rudo y atractivo. Por lo que pude deducir, a la gente de aquí le gustaba la moda y las tendencias. Llevaban ropa elegante y moderna, que me resultaba familiar, pero había algo claramente sobrenatural en todo el lugar. La gente comía en cafeterías y un grupo de adolescentes reía junto a una fuente. Todo parecía normal, pero la energía que se respiraba era extraña, en el sentido de eufórica.

¿Todo el mundo está resplandeciendo?

Mi jaguara respiró hondo y, cuando el aire fresco llenó sus pulmones, de inmediato me sentí positiva, poderosa y mi mente se despejó de pensamientos.

—Esta es una ciudad fronteriza —dijo Damián con una rápida mirada por encima del hombro. Era hermosa. Todo era jodidamente hermoso—. Como estamos tan cerca de las Puertas, estas ciudades suelen ser las más parecidas a la Tierra.

Sacó una llave de su bolsillo, abrió la puerta de un jardín y me indicó que entrara.

—El Tránsito Planetario se cerrará esta noche y me lleva un tiempo preparar los hechizos de transformación. Ponte cómoda y lo haremos.

Lo seguí hasta un gran jardín justo al entrar por la puerta. El centro no tenía techo, lo que recordaba a los antiguos recintos ceremoniales abiertos al cielo, donde lo divino se encontraba con la tierra, la piedra y la naturaleza. En el centro cuadrado prosperaba una combinación de ceibas, orquídeas, bromelias y cacao. El jardín estaba rodeado por una pasarela cubierta, y Damián se movió a paso rápido bajo los pasillos cubiertos hasta llegar a una amplia sala. En su interior había una gran mesa de madera llena de vasos, cuencos, herramientas y varias botellas de hierbas, junto con algunos aparatos y tecnología moderna.

Cerró la puerta detrás de nosotros y sentí que mi jaguara se tensaba y luego algo que parecía garras arañándole las entrañas. Mi jaguara gruñó con fuerza. Más le valía no estar tendiéndome una trampa. Estaba confiando en este cabrón de pésimo historial a la hora de asumir sus responsabilidades, que me había evitado durante casi dos décadas y que había mantenido en secreto detalles importantes de mi vida hasta el último momento. ¿Por qué volvía a confiar en él? Ah, claro, porque no tenía otra opción.

El proceso de preparación de las hierbas duró más de dos horas. Los olores familiares del incienso y la salvia se mezclaban con otros menos conocidos. Después de dar vueltas durante un rato, mi jaguara se sentó en la esquina más alejada de la habitación, desde donde podía ver la puerta y cada uno de los movimientos que él hacía mientras se movía alrededor de la mesa de trabajo de madera, en el centro de la cual yacía un gran pilón y mortero de piedra y una maja, donde colocó las semillas que sacó de las botellas de los estantes y luego comenzó a molerlas.

Trabajaba meticulosamente, con la espalda recta y la mirada concentrada, mientras sus manos expresaban el arte que hay detrás de la elaboración de hechizos. Se deslizaban en el aire con un ritmo metódico y se movían en secuencia mientras alcanzaban el agua fresca del grifo, que luego vertía en un cuenco de madera tallada y añadía las semillas molidas. Esas manos maestras sacaron flores secas del alféizar de la ventana y también las molieron, luego las añadieron con precisión milimétrica al agua fresca.

Le oí maldecir mientras buscaba en todos los cajones algo que no encontraba, hasta que lo encontró y se rio para sus adentros. Susurró conjuros y seleccionó más botellas de los estantes, añadiéndolas a un frasco de vidrio separado que había llevado a ebullición con un movimiento de su mano. Los ojos de mi jaguara se sentían pesados y ella apoyó la barbilla en el suelo de piedra fría. Escuché correr el agua del fregadero de nuevo y sus ojos se abrieron en rendijas. Se estaba lavando las manos en el fregadero, luego se las secó con una toalla y se volvió hacia mí.

—Tengo que ir a buscar algunos suministros que nos faltan...

Su ya familiar acento español me devolvió al presente y me levanté. Levantó la palma de la mano hacia mí, como si me estuviera diciendo que me quedara quieta, como un perro. Mi jaguara odiaba eso; levantó la cabeza y le gruñó.

—Ahora vuelvo. Por favor, no salgas de esta habitación.

Sus labios se curvaron torpemente hacia arriba. Más le valía volver. Mi jaguara gruñó una vez más antes de que él cerrara la puerta tras de sí. Era exasperante estar allí, incapaz de correr a ayudar a Trent. Impotente para salvarlo de los colmillos de un vampiro.

¿Y ahora qué? Los aromáticos olores de las hierbas inundaron mis sentidos. Mi estómago rugió y fue como si yo rugiera en ambos cuerpos. Parecía que mi mente humana y mi cuerpo de jaguara estaban hambrientos al mismo tiempo. Aparté de mi mente la idea de comer. ¿Cómo podía pensar en comida cuando Trent estaba en peligro?

Mi jaguara parecía tener sus propios planes aquí. Su corazón latía más despacio que cuando nos transformamos, pero seguía paseándose por la habitación, que realmente no estaba diseñada para un animal salvaje de su tamaño. Con los dientes, abrió la puerta del jardín y se dispuso a merodear por los terrenos. Había varias habitaciones y estaciones montadas igual que la que habíamos estado.

En una habitación, dos hombres que parecían gemelos, ambos con cabello como de zorro plateado y gafas redondas, se inclinaban sobre cartas astrológicas en una mesa grande. Levantaron la vista brevemente y luego volvieron a lo que estaban haciendo sin decir nada. En otra habitación aguardaba una persona con una túnica blanca hasta el suelo con la rueda del zodíaco bordada en oro en la espalda. La persona con la túnica blanca hablaba con una mujer alta y rubia que llevaba un vestido azul ajustado y largo hasta el suelo. Un jaguar como la mía dormía la siesta acurrucado en un rincón. Mi jaguara se dio la vuelta y se alejó por el pasillo.

Si tuviera que adivinar qué era este lugar, diría que se trataba de la versión chamánica de uno de esos espacios de oficinas compartidas como WeWork. Mi jaguara encontró otra puerta que daba a otro jardín verde, aunque este parecía extenderse por varias hectáreas y lo rodeaba un dosel de árboles y plantas de colores. Tras salir al césped, se retiró rápidamente bajo la pasarela cubierta, y sentí que no le gustaba el sol brillante y prefería el velo de la noche.

Continuó recorriendo el campus y encontró una enorme biblioteca de tres pisos repleta de libros. Inmediatamente quise saltar del cuerpo de la jaguara y poner mis manos en algunos de ellos. ¿Qué tipo de libros leían aquí?

Sentí que había pasado mucho tiempo y me inquietó volver para ver si Damián había regresado. Mi jaguara debió haberlo sentido porque un gruñido bajo retumbó en su pecho.

Interesante, pensé.

Definitivamente podíamos comunicarnos entre nosotros a través de nuestras emociones. Ella se dio la vuelta y regresó veloz a la habitación donde el chamán nos había dejado. En cuanto vimos a Damián allí, aceleramos el paso para colocarnos a su lado y observar lo que hacía. El cuerpo de mi jaguara era tan grande que su cabeza llegaba al nivel de la mesa y podía observar cada uno de sus movimientos. Sus manos trabajaban con rapidez y, cuando terminó de mezclar y batir, tomó una bebida de la nevera y se sentó en un gran sillón de cuero.

—Carly, mi aprendiz, vendrá pronto con algo de comida para nosotros —pronunció—. Tengo que ir a buscar los ingredientes finales a la botánica, así que voy a salir otra vez.

Parecía distante mientras miraba por la gran ventana detrás de la mesa. Sus ojos se volvieron hacia mi jaguara por primera vez desde mi regreso. Parecía que aún quedaba un atisbo de miedo hacia esta bestia en sus ojos. O tal vez era solo respeto por la bestia salvaje y enorme sentada a su lado.

Fuera lo que fuera, mi jaguara lo había percibido. Una vez más, me pregunté qué poderes poseía. Podía sentir cómo fluían por su sangre. Era una oleada constante que recorría sus venas, y empezaba a comprender que ser un nagual era mucho más que eso. No se trataba solo de ser un animal fuerte. Se trataba de lo que esa criatura era capaz de hacer.

Tengo tanto que aprender.

—A las once y veintiún minutos en punto de esta noche, saldremos al campo cubierto de hierba y tomarás las hierbas que completarán la transformación—. Damián arqueó una ceja. —Una vez completemos el ritual, podrás cambiar entre la forma de jaguar y la humana con mayor libertad. Por supuesto, aún tendrás que aprender el proceso, pero yo te enseñaré. Por ahora, solo descansa y relájate. Aquí estás a salvo.

Por supuesto, mi mente no podía relajarse. ¿Qué le había pasado a Trent? Pero mi jaguara me ignoraba por completo. Tenía mente propia. Cuando le traían comida y agua, comía. Cuando terminaba, dormía, y cuando llegara la hora del ritual, iría.

Damián

Aquí estaba yo otra vez, abasteciéndome de suministros para otro ritual de transformación. ¿Cuántos había hecho a lo largo de los siglos? Me parecía que mil. Pero, ¿quién llevaba la cuenta? Veintiuno. Este era mi vigésimo primer ritual.

Estos humanos estaban muy equivocados. Renunciaban a sus sencillas vidas mortales para convertirse en bestias sobrenaturales. La inmortalidad estaba sobrevalorada. Tras la muerte de Lily, juré sobre su cadáver que nunca volvería a hacerlo. No quería volver a ver la cara de otro jaguar cambiapiel. Creí haber terminado con eso. A uno de mis colegas le funcionó. Abandonó su último caso antes del ritual y desapareció del mapa. Lo veía de vez en cuando, socializando en los clubes de la Puerta de Acuario, y nadie le prestaba atención. Siempre había otro chamán más joven e ingenuo que quería ascender en el escalafón e impresionar a las grandes Casas del Zodíaco con los metahumanos que encontraban mientras buscaban posibles parejas en la Base de Datos Celestial.

La única razón por la que regresé del retiro fue porque Sasha me encontró, no al revés. Y en cuanto la envíe a la Academia Aries, volveré a desaparecer. Ella no me necesitaba. Llegó hasta aquí solita. Su presencia me inquietaba. Me recordaba a Lily y no quería más recuerdos. Lo único que quería era encontrar al responsable de matar a Lily y hacerle pagar, una y otra vez. Si no fueran inmortales, usaría magia arcana para convertirlos en inmortales solo para poder torturarlos más tiempo.

Mis pies me llevaron por las calles empedradas del centro de la ciudad, después de siglos de estos paseos, sabían exactamente cómo llegar a casa. Los edificios coloniales de estilo español que nunca cambiaron me guiaron en mi camino. El paseo me llevó al final de la calle, donde giré a la derecha. Ese era el camino hacia la casa de Ixia, la botánica celestial que había sido mi mentora siglos atrás, durante mi iniciación en el mundo del chamanismo. Cuando llegué, supe que estaba allí porque las enredaderas que cubrían la ornamentada puerta metálica de la entrada a su gruta estaban llenas de flores púrpuras, doradas y blancas en plena floración. Las enredaderas detectaron mi presencia familiar y abrieron la puerta.

—Ixia —gruñí su nombre desde la entrada.

Apareció ante mí al cabo de unos instantes, mientras las dríadas que trabajaban con ella laboraban sin descanso en el vasto jardín de hierbas. La mayoría llevaba vestidos blancos y marrones con escotes pronunciados y botas crema hasta la rodilla. Cada vez que entraba allí, sentía cómo empezaba a surgir una erección. ¡Tranquilo, mijo! Concéntrate en lo que has venido a hacer aquí.

—Tienes buen aspecto. Las estrellas trazan el camino —dijo ella mientras recorría mi cuerpo con la mirada de arriba abajo—. He oído que has traído contigo a la nagual. Pensé que la habías dejado al azar.

—Las estrellas trazan el camino —refunfuñé. Por lo que yo sabía, ella no estaba al tanto de Lily ni de la conexión de Lily con la nagual o con las personas a quienes cazaba. No iba a explicárselo ahora. Era vicaria y asesora de alquimia del Consejo Zol. Su lealtad era hacia el camino, y yo aún no había descartado que el Consejo estuviera involucrado de alguna manera en la muerte de Lily.

—¿Supongo que está aquí para el ritual de transformación de esta noche?

Se dio la vuelta y se acercó a una estantería llena de pequeñas cajas de madera. Todas eran idénticas y estaban llenas de varias botellas de hierbas y líquidos.

—Sí. Estoy segura de que se convertirá en una nagual feroz. Observé su piel morena, rica y profunda, que contrastaba con la claridad de sus ojos dorados. A pesar de tener siglos de edad, seguía pareciendo una mujer de veintitantos años. Su cabello rizado era suave y le caía suave a los lados. Sus brazos y cuello estaban adornados con delicadas joyas de oro. Las joyas eran mucho más que simples adornos, servían para alejar la energía y los hechizos que pudieran causarle daño. Detrás de su actitud gentil y amante de las plantas, era una maestra de la protección y había desarrollado gran parte del programa de botánica en las doce Academias gobernadas por las casas del zodíaco.

Ixia sacó una de las pequeñas cajas del estante y me la entregó.

—Las hemos empaquetado esta misma mañana. Todo está fresco.

Conté otras cinco cajas en la estantería.

—Entonces, ¿hay seis cambiapieles en el ritual de esta noche?

—Siete, ahora que has vuelto. Aunque me dijeron que solo habría seis naguales en la ceremonia, yo sabía que habría siete, así que preparé una caja extra—. Colocó las manos a los lados y una pizca de alegría brilló en sus ojos. —Nunca me he equivocado en mis cálculos. La caja extra está debajo de la estantería.

Le encantaba tener razón.

—Gracias, nos vemos allí esta noche —respondí entre dientes.

—¿Fue culpa mía que te fueras?

Sus ojos perdieron su brillo y su rostro se volvió inexpresivo. Ella debió saber que no era buena idea preguntarme eso.

—No, Ixia. No fue culpa tuya. Pero sí que me facilitaste la decisión —resoplé y salí de allí con mi caja. No le debía ninguna explicación. Y ella tampoco me debía ninguna a mí.

Sasha

Me sorprendió lo dócil que podía ser mi forma de jaguara, como si tuviera un conocimiento más profundo de que ella pertenecía aquí, en el atrio del chamán. Cuando me transformé por primera vez, hace solo unas horas, sentí que su poder salvaje se apoderaba de mí. Sin embargo, ahora, su inteligencia y capacidad para comprender la situación eran impresionantes. Es decir, podría arrancarles la cabeza a todos y salir corriendo. Lo cual, en cierto modo, deseaba que hiciera. Especialmente a Damián. En cambio, decidió sentarse y esperar a que el chamán terminara de preparar las hierbas para el ritual de transformación.

Además, era muy lento. Me estaba volviendo loca. Cada vez que lo observaba en su mesa de trabajo, estaba moliendo alguna hierba desconocida y mezclándola con algún líquido que no me resultaba familiar. Luego dejaba reposar los boles y los cocía a fuego lento. Uno al calor, otro a temperatura ambiente, mientras molía y mezclaba otros. Juraría que le vi cortar un ojo humano y prenderle fuego. Asqueroso. Pero, por supuesto, no podía preguntarle nada al respecto porque estaba dentro de una enorme jaguara negra que no podía hablar.

Sin embargo, dentro de esta bestia los sonidos eran diferentes. Seguía oyendo los espeluznantes susurros y chillidos de las sombras que me habían atormentado durante el pasado año. Pero esta vez los chillidos eran más claros, menos amenazantes y más naturales. Era como si estuviera oyendo otro aspecto de la naturaleza que no podía entender. No me enloquecía de miedo como cuando empecé a escucharlo, y no era tan molesto como cuando empecé a aceptarlo. Ahora era más como una cadencia de la vida que simplemente necesitaba saber interpretar.

Ella se rascaba, se lamía, salía a hacer sus necesidades y yo solo la acompañaba. Yo era solo un espectador dentro de esta bestia mientras esperábamos el ritual y empecé a preguntarme qué le había pasado a Trent. ¿Había sobrevivido a esa loca vampiresa? ¿Estaba vivo? ¿Estaría ahí fuera preocupado por mí? ¿Cómo puedo hacerle saber que estoy a salvo? ¿Estoy a salvo? ¡Estoy dentro de una jaguara! ¿Y si el chamán no puede volver a convertirme en humana? ¿Y si algo sale terriblemente mal? ¿Y si Damián me está tendiendo una trampa? Estas preguntas me pusieron muy nerviosa y mi jaguara gruñó. Sentí como si me estuviera diciendo que me callara. No podía creerlo. No estábamos conectando en absoluto.

Mientras la jaguara se sentaba con paciencia en el suelo de madera, me empapé de la decoración de la habitación. Al igual que el resto del edificio, las paredes eran de piedra crema y estaban cubiertas de estantes de madera que contenían herramientas, instrumentos, libros y plantas. Los muebles eran sencillos, pero más ornamentados de lo que yo estaba acostumbrada. Sin embargo, más allá de la arquitectura y el diseño, sentí algo diferente en mis huesos. Estaba segura de que era algo más que estar dentro de la forma de una jaguara. Había magia aquí. Podía sentirla cosquilleando contra su pelaje y olerla en la riqueza del aire. La jaguara se echó otra siesta y, cuando lo hizo, yo también me quedé dormida. Supongo que nuestras funciones cerebrales estaban conectadas en esto. Tuve el sueño más salvaje...

Volví a mi forma humana y corrí con desespero a través de la Puerta de Aries. "¡Trent!", grité en la amplia Plaza de Armas, dentro del Castillo San Felipe del Morro, donde me encontraba ahora. "¡Trent!", grité desesperada. Caí de rodillas y lloré con fuerza por él. No podía teletransportarme y no tenía ni idea de cómo volver a él. Fue entonces cuando recordé mi meditación. Me senté en medio de la plaza de piedra caliza, rodeada por el océano, y me esforcé por calmar mi mente y concentrarme.

Abrí los ojos y volví a contemplar mis familiares extremidades humanas, sobre la enorme almohada en Villalba, Puerto Rico. No estaba segura de cómo funcionaba exactamente la magia, pero sabía que si me transformaba en jaguara y miraba mi reflejo en el lago, podría encontrar a Trent. Corrí por el camino cubierto de mantillo bajo el cielo iluminado por la luna para empezar. Me asomé al borde y vi mi reflejo. Entonces me concentré en la energía de Trent. ¿Estaba vivo?

¿Sería capaz de encontrarlo? Mi corazón latía con fuerza en mi pecho mientras luchaba por calmar el pánico que me invadía.

Por mucho que intentara encontrar su energía, no lo conseguía. Lo intenté de nuevo. Y otra vez, y nada. Finalmente, decidí buscar la energía oscura de Grange, aunque estuviera muerto, tal vez así podría. Era como si estuviera buscando un solo hilo de esperanza en un enorme tapiz de oscuridad. Hasta que sentí una oscuridad familiar, una que había experimentado antes. No era Grange, no pude encontrarlo. Supuse que era porque estaba muerto. Porque lo destrocé. Pero seguí la pista de la magia oscura y perfumada de la vampiresa de cabello rojo oscuro que lo acompañaba. Solana.

Ella todavía estaba en Colombia, en la casa donde dejé a Trent y todavía tenía cautivos a los cinco miembros de mi escuadrón. ¡Esa puta! ¿Los drenó a todos? La sangre goteaba de su boca mientras yacía sentada en la cama con sus cuerpos inmóviles a su alrededor. Parecía haber pasado un buen rato con ellos. Podía elegir a cualquiera para darse un festín. ¿Estaban siquiera vivos? Fue entonces cuando vi a Trent, tumbado en un sofá frente a a donde Solana estaba sentada en la cama. Me concentré en él, su energía era muy baja, pero eso era normal cuando la gente dormía. Sus auras no eran tan brillantes. Exhalé un suspiro cuando vi que tenía un aura tenue.

¡Estaba vivo!

Lo observé un rato, empapándome todo lo que pude de su rostro. No sabía cuándo volvería a verlo.

Un par de minutos después, se incorporó y esa vampiresa zorra de Solana sacó un celular del bolsillo. Respondió a una llamada: "Sí, las estrellas se han llevado a Grange". Exhaló un suspiro de exasperación. "Lo sé. Lo sé. Pero escucha, necesito que vengas aquí ahora mismo. Hay que sacar la basura". Se arregló el pelo frente al espejo, minimizando el daño colateral que había causado. La muerte de mi equipo, de mis compañeros soldados. Se me hizo un nudo en la garganta y la rabia luchó por salir a la superficie. Desvié mi atención hacia Trent.

Trent comenzó a moverse y abrió los ojos entrecerrados. Intentó sentarse erguido. Ella estaba junto a los cuatro hombres de mi unidad que parecían estar descansando, con sus cuerpos desnudos inmóviles y cubiertos de sangre. Ella es la maldita basura. No ellos. Solana miró a Trent pensativamente. Resplandecía con toda la sangre fresca que había bebido.

—Eres el novio de esa gatita negra, ¿verdad? —siseó, mientras sus ojos se posaban en él. Trent se limitó a mirarla. Sabía que era mejor no revelar ninguna información.

—Creo que voy a quedarme contigo para mí solita.

Se acercó a él. Él levantó las manos y las rodeó por su cintura, como si la conociera. Ella se dejó caer sobre su regazo con un movimiento lento, como el de una serpiente. Sus anchos brazos y hombros envolvieron su esbelta figura. Ella movió la cabeza hacia un lado y se echó el largo cabello hacia atrás, rozando ligeramente sus definidos bíceps mientras él le subía lentamente la camiseta. Trent parecía disfrutar de la caricia y del contacto de su cuerpo contra el suyo. Apreté los dientes al ver el deseo que sentía por ella en sus ojos. Esos ojos que, solo unas horas antes, me buscaban para satisfacerlo. Ella lo tenía bajo su hechizo. Mis uñas se clavaron en mis palmas mientras los observaba. Debía de ser el mismo tipo de hechizo que Grange había usado para cautivarme y hacerme sentir un arrebato de lujuria por él.

El fuego comenzó a arder profundamente en mi chakra raíz, ascendiendo en espiral hasta mi núcleo. Sentí su calor, girando y arremolinándose dentro de mí sin forma de liberarse. Quería gritar, gritar, hacer que se detuviera y arrancarle la carne del cuello como le había hecho a Grange. Pero no podía hacer nada de eso, yo era una nada amorfa que miraba fijamente un lago imaginario en algún lugar detrás de la mente de una jaguara. Qué mierda es mi vida.

⸻ ⟐ ⸻

SAGA
WARRIOR SHIFTER

Las estrellas escriben el camino.

Sobre la autora

R.C. Luna es una cuentista puertorriqueña que cree que la magia del polvo de estrellas nos une con hilos invisibles de destino.

Amante de la fantasía, la mitología y lo sobrenatural, crea mundos envolventes donde la pasión choca con el poder y la línea entre la luz y la oscuridad se difumina. Creció en el sur de la Florida, rodeada de una vibrante fusión de culturas y creencias que inspiran su obra. Su tiempo en la Fuerza Aérea de los Estados Unidos y sus viajes por América Latina profundizaron su fascinación con el folclor, el misticismo y los ecos de las civilizaciones antiguas.

Cuando no está escribiendo, se pierde en novelas de romance fantástico, contempla la luna con una taza de café o da vida a historias donde el amor es tan peligroso como irresistible.

Inscríbete en su boletín para recibir noticias sobre nuevos lanzamientos, lore exclusivo, eventos ¡y mucho más!

www.rcluna.com

AGRADECIMIENTOS

Traer esta historia al español ha sido un sueño hecho realidad. Ya he tenido el honor de agradecer en *Las Sombras* a las personas maravillosas que me acompañaron desde el principio de este viaje. Pero esta edición no existiría sin el talento, la pasión y la entrega de quienes le dieron nueva vida en español.

A mi traductor increíble, Eïrïc R. Durändal Stormcrow — gracias por capturar la esencia, la emoción y la fuerza de estas palabras con tanta maestría. No hay forma de expresar cuánto significa ver este mundo renacer en otro idioma gracias a ti.

A mi equipo de lectoras beta que ha estado apoyando este lanzamiento — su dedicación, su ojo crítico y su amor por esta historia son un regalo inmenso.

Y, por supuesto, a toda la comunidad lectora en español que ha abierto su corazón a esta serie — gracias por recibirla, por compartirla, y por ser parte de esta nueva etapa.

Nada de esto sería posible sin ustedes.

Con todo mi cariño,

R.C. Luna

¿Buscas problemas?

¡Acabas de encontrarlos! Aquí es donde la magia se vuelve más intensa —sígueme y suscríbete abajo para no perderte ninguna de las actualizaciones más jugosas.

TikTok @author_rcluna

Facebook @authorrcluna

Instagram @author_rcluna